우리가 마지막 순간을 함께할 수 있을까

우리가 마지막 순간을 함께할 수 있을까

사랑과 돌봄에 관한 퀴어한 참조

ⓒ 캔디(윤다림) 2026

초판 1쇄	2026년 2월 27일		

지은이	캔디(윤다림)		

출판책임	박성규	펴낸이	이정원
편집주간	선우미정	펴낸곳	도서출판 들녘
기획이사	이지윤	등록일자	1987년 12월 12일
편집진행	이수연	등록번호	10-156
디자인진행	조예진	주소	경기도 파주시 회동길 198
편집	김혜민	전화	031-955-7374 (대표)
마케팅	이동하		031-955-7389 (편집)
경영지원	나수정	팩스	031-955-7393
제작관리	구법모	이메일	dulnyouk@dulnyouk.co.kr
물류관리	엄철용		

ISBN	979-11-7610-017-5 (03810)		

사랑과 돌봄에 관한 퀴어한 참조

사랑과 돌봄에 관한 퀴어한 참조

우리가 마지막 순간을 함께할 수 있을까

윤다림 에세이

윤다림 에세이

우리가 마지막 순간을 함께할 수 있을까

들녘

추천사

십여 년을 함께한 동성 연인의 죽음에 대한 이야기를 '레퍼런스가 되기를 바란다'며 세상에 내놓는 마음에 대해 생각해본다. 동성 커플의 경조사는 우리가 비전형적인 결합이라는 이유만으로 종종 개인적인 것이 아닌 사회적인 사건이 되곤 한다. 사십 대 초반의 파트너 력사를 떠나보낸 캔디는 장례 후 인사로 통상적인 감사의 말이 아닌 동성 연인인 자신이 "누군가의 배려와 동의에 기댈 수밖에 없는 취약한 위치"임을 돌아본다. 그리고 그는 이를 개인적 반추에서 멈추지 않고, 앞으로 자신과 같은 일을 겪을 사람들을 위해 기록하고 또 나누었다. 캔디의 용기, 력사의 삶, 그리고 캔디의 배우자 오쓰의 관용을 기억하며 『우리가 마지막 순간을 함께할 수 있을까』를 추천한다. 법으로 정의되지 않는 관계에 놓여 있는 사람들과 그들을 사랑하는 이들이 수모를 겪지 않는 세상이 되길.

김규진

(『언니, 나랑 결혼할래요?』 저자)

결혼하지 않겠다 선언한 이들이 주변인들로부터 꼭 들어본 말이 있다. "그렇게 혼자 살다가 나중에 나이 들고 아프면, 돌봐줄 사람도 없는데 어떻게 하려고?" 이런 질문에 혼자 주춤하거나 괜스레 마음이 위축된 적이 있다면, 이 책을 꼭 권하고 싶다.

"끝까지 나답게 살다가, 아는 얼굴들 사이에서 죽고 싶다." 좋은 돌봄과 좋은 죽음에 대해 오래 고민한 끝에 우리가 함께 내놓았던 답이다. 이 문장을 어떻게 이렇게까지 현실에서 잘 보여줄 수가 있을까.

캔디는 역시 캔디다. 말기 암 파트너 간병이라는 밀도 높은 돌봄의 한중간에서도 씩씩함을 잃지 않고, 같이하고픈 마음은 있지만 뭘 어째야 할지 모르는 여러 친구들까지 돌봄에 엮어주었다. 그렇게 만든 관계망이 죽음에 압도되지 않고 자기다움을 지킬 수 있는 조건이 되어주었다. 우리의 법제도가 그들을 '가족'이라 부르든 부르지 않든, 결국은 돌봄을 주고받을 수 있는 관계야말로 '진짜 가족'이다.

상상만 해오던 돌봄을 생생히 그려볼 수 있게 된 것은 전적으로 캔디의 덕이다. 력사의 마지막 순간들과 화해할 수 있게 된 것도.

유여원, 추혜인
(『나이 들고 싶은 동네』 저자, 살림의료복지사회적협동조합)

여는 글:
그녀가 우리의 레퍼런스가 되기 바란다

안녕하세요? 저는 캔디입니다. 생각하시는 그 캔디가 맞아요. 외로워도 슬퍼도 울지 않는 캔디. 어렸을 적에 『캔디캔디』 만화책을 읽고 〈들장미 소녀 캔디〉 만화영화를 보면서 저는 캔디에게 완전히 매료되었습니다. 우선 앞서도 언급한 주제가의 노랫말이 마음에 쏙 들었고, 언제나 씩씩하게 무엇이든 해내려 하는 캔디의 마음이 가깝게 와닿았습니다. 다른 사람들을 이해하면서도 내가 가고자 하는 길, 하고자 하는 일을 열심히 찾아내는 캔디. 그렇게 캔디는 저의 '최애 캐릭터'가 되었습니다. (지금도 『캔디캔디』 만화책이 집 책장에 꽂혀 있습니다.)

그렇다고 제가 저의 본명을 싫어하는 것은 아닙니다. 저의 법적 이름은 '윤다림(尹多琳)'이에요. 많을 다 자에 아름다운 옥 림 자를 씁니다. 글 쓰는 직업을 가지고 있던 큰아버지가 당신 자녀의 이름에 먼저 많을 다 자를 쓰시고는, 그 후에 태어난 제 이름도 다림이라 지어주셨다고 들었습니다. '나는 아름다움이 많은 사람이야.' 혼자 해석하면서 뿌듯해했던 기억이 납니다. 하지만 실상은 놀림을 꽤나 많이 받았습니다.

"이 부분은 다림이가 한번 읽어보겠니?"

"다림이가 앞에 나와서 이 수학 문제 풀어봐."

선생님이 저를 부르실 때마다 등 뒤에서 숨 죽여

키득거리는 소리를 듣곤 했습니다.

"야, 다리미래. 다리미!"

그 시절에는 이름으로 다른 사람을 놀리는 게 뭐가 그렇게 재미있었을까요? 다행히 제가 이름 때문에 주눅 드는 일은 없었습니다. 이름을 바꿔야겠다고 마음먹어본 적도 없어요. 오히려 속으로 생각했습니다.

'흥, 다리미라 이거지? 그럼 나는 이다음에 내 닉네임을 인두걸(Indugirl)이라고 해야겠다.'

하지만 이십 대 초반에 떠난 어학연수에서 외국인 친구들이 발음하기에는 내 이름이 많이 어렵다는 사실을 깨닫게 되었습니다. 그때 떠올린 이름이 추억 속 들장미 소녀 '캔디'였습니다.

"Just call me Candy(그냥 나를 캔디라고 불러)!"[1]

다시 캔디라는 이름을 쓰기 시작한 것은 대학 졸업 후 서울에 올라와 성소수자운동에 합류하면서부터였습니다. 아무래도 실명을 쓰는 것에 대한 부담이 지금보다도 더 컸던 시기였고, 개인적으로도 부모님께 커밍아웃하기 전이었습니다. 특히 '윤다림'은 흔한 이름이 아니니 그대로 사용한다는 건 그냥 나의 정체성을 한 방에 온 세상에 알리겠다는 격이라 생각

---

1 듣기만 해도 달콤한 이 '캔디'라는 이름이 미국에서는 성적 매력을 드러내는, 바나 클럽에서 일하는 사람, 스트리퍼를 연상시킨다는 사실을 알게 된 것은 그로부터도 한참 뒤의 일입니다. 하지만 뭐 어때?

했습니다. 많은 성소수자운동가가 비슷한 이유로 활동명을 따로 쓰고 있었기에, 저 역시 캔디라는 이름을 딱히 위화감이나 어려움 없이 사용했습니다. 그렇게 이십여 년 가까운 세월 동안 나를 캔디라 소개하고 캔디라 불려오다 보니 이제는 진짜 저의 이름, 정체성이 되었습니다. 지금은 저를 '윤다림'이라 부르는 사람이 극히 드뭅니다. 친인척과 친구 소수 외에는요.

하지만 어느덧 중년에 이르러 생각해보니, '아, 캔디… 좀 쪽팔린가?' 싶기도 합니다. 하지만 여전히 '윤다림'보다는 '캔디'라는 이름을 더 즐겨 사용하고 있습니다. 가끔 윤다림이라는 이름을 써야 할 때는 그 옆에 (캔디)라 병기하기도 합니다. 그러면 좀 더 퀴어한 느낌이 나는 듯하여 좋습니다. 또 어쩐지 다림보다는 캔디가 좀 더 다정하다는 인상을 주지 않나요? (저만 그렇게 느끼는지도….) 제가 이 이름을 쓰며 다정하고 좋은 사람들을 많이 만났기 때문인지도 모르겠습니다. 무엇보다 저는 성소수자 여성으로서 캔디처럼 외로워도 슬퍼도 울지 않는 씩씩한 모습으로 살아가고 싶습니다. 절대 좌절하지도 않고요.

이야기가 길었습니다. 제가 많이 울었던, 울 수밖에 없었던 시기의 이야기를 하기에 앞서 절대로 울지 않는 소녀 캔디에게 매료되어 '캔디'라는 이름을 쓰게 되었다고 말하자니 머쓱하기도 합니다. 이 책은 제가 정말 깊이 사랑했고, 여전히 사랑하는 저의 파트너 '차력사'의 투병을 함께하며 경험한 돌봄과 애도를 다룹니다. 또한 한 사람의 퀴어 여성으로서 제 삶의 이야기를 담아내기도 했습니다.

성소수자 커뮤니티의 일원이 되고 난 후, 수많은 퀴어가 스스로 세상을 떠나는 모습을 바라보았습니다. 긴 시간 동안 많은 퀴어 친구를 떠나보내며 저에게 애도는 친구들을 잘 돌보지 못했다는 죄책감을 느끼고 퀴어할 수 없는 그들의 장례를 아쉬워하는 일이 되었습니다. 그런데 차력사를 돌보고 떠나보내면서 돌봄과 애도가 퀴어하다는 것은 무엇일까 고민하게 되었습니다. 저와 친구들은 최선을 다해 력사를 돌보았고, 떠나보냈습니다. 력사는 력사다운 삶을 살았고, 우리는 우리답게 력사를 보내고 추억하며 살아가고 있지만, 그때의 순간순간을 떠올릴 때마다 '우리가 이성애자 커플이었다면 어땠을까?'라고 생각하기도 합니다. 그들과 내가 다른 것은 단 하나, 동성을 만나고 사랑했다는 것뿐인데, 우리의 마지막과 그 이후의 삶은 그들과 많이 다른 것 같습니다. 하지만 나는 그를 퀴어하게 추억하고, 또 퀴어하게 제 삶을 살아가고 있습니다. 만약 당신이 이성애자라면, 사랑하는 사람을 떠나보내는 방식에 있어 우리의 경험은 서로 많이 다를 것입니다. 하지만 나는 또한 당신과 같은 방식으로 사랑했던 사람을 추억하고 기억해나가고 있습니다.

나는 차력사를 만났고, 함께했고, 그를 보내고, 애도하고, 추억하고, 또 새로운 사람과 새로운 인생을 시작하였습니다. 뻔하디뻔한 스토리 안에서 돌봄과 애도 그리고 나를 사랑하고 내 삶을 만들어나가는 이야기를 함께 나누고 싶습니다. 그리고 그 이야기 안에 '우리'가 빠질 수 없음을 전하고 싶습니다. 나 혼자였으면 만들어나갈 수 없었던 순간들을 삶으로 만들어준 우리들도 꼭 함께 기억하고 싶습니다.

우리의 레퍼런스를 함께 만들어준 친구들 나영, 마루, 무영, 미정, 시타, 어라, 오매, 진임, 채윤, 홀릭, 홍이, 현영, 혜인에게 감사 인사를 전합니다. 이 친구들이 있었기에 력사의 이야기가 우리의 이야기가 될 수 있었습니다. 항상 자기 맘대로 살아가는 누나를 누구보다 응원하고 지지해주는 동생과 가족들, 이 모든 시간 동안 제 든든한 백이 되어준 한국성적소수자문화인권센터, 의지가 되어준 살림의료복지사회적협동조합 모두 감사합니다. 함께 사무실을 쓰는 서울퀴어문화축제조직위원회와 비온뒤무지개재단, 트랜스젠더인권단체 조각보의 활동가들에도 감사를 전합니다. 징징대는 저를 늘 잘 견뎌주십니다. 첫 번째 독자가 되어 누구보다 큰 응원을 건네준 김유미, 언제나 나의 곁이 되어주는 친구들 경민 님, 노랑조아, 동환, 루인, 레고, 레브, 레이, 맑음, 무지개너머, Charbel Maydaa, 샹허, 선민, 선영, 아라조, 에스더, 우야, 이브리, 이승현, 이안, 이채, 재경, 제이, 준우, 진기, 최토리, 추, 홍시, 혜영, 휴이, 희깅, 그리고 저의 레퍼런스가 되어주신 이경 님 감사합니다. 여기에 더 이름을 넣지 못한 퀴어 커뮤니티의 모두가 있어 력사와 저의, 그리고 우리의 이야기를 전할 수 있게 되었습니다. 바쁜 와중에도 기꺼이 추천사를 보내주신, 유부레즈이자 멋진 퀴어 엄마이신 김규진 님, 현실에서 나이 들고 싶은 동네를 만들어가는 유여원, 추혜인 님께 감사를 전합니다. 그리고 누구보다 력사, 나의 차력사에게 감사를 보냅니다. 그가 있어서 이 책을 쓸 수 있었고, 그를 기억할 수 있어 이 책을 완성할 수 있었습니다. 력사, 정말 정말 고마워.

력사의 이야기, 그리고 저 '캔디'의 이야기가 이 책을 읽어주실 독자 여러분에게 레퍼런스가 되기를 바랍니다.

차례

* *
****
더 많이 잊기 전에 더 많이 기억하고 싶다

**

나와 력사의 이야기

력사와 나, 우리의 열두 해

력사는 내 (전)파트너의 이름이고, '차력사'의 줄임말이다. 말 그대로 힘이 좋기도 했고, 역사를 좋아했기에 겸사겸사 다양한 의미를 담아 '차력사'라는 별명을 쓰기 시작했다고 한다. 가까운 친구들은 줄여서 '력사'라고 불렀다. 력사의 본명은 따로 있지만, 커밍아웃을 선택하지 않은 그의 결정을 존중하며 이 책에서는 그를 차력사(력사)라고 부르려고 한다, 까지 쓰다가 혼자 웃고 정정한다. 이 글에서는 그를 차력사(력사)라고 부르려고 한다. 비단 그의 커밍아웃 여부 때문이 아니라, 그것이 가장 그다웠던 이름이며, 내가 사랑했던, 그리고 그를 부를 때 가장 많이 사용했던 이름이기 때문이다.

1978년생 차력사.

살아 있다면 2026년인 올해 마흔여덟 살이 되었겠다. 채 사십 대 중반도 되기 전에 사그라진 삶이라니.
력사는 비혼주의자, 페미니스트, 레즈비언, 직장인이었다. 그전에는 활동가였고, 한때 귀촌을 꿈꾸기도 했다. 취미는 목공과 오리엔티어링. 축구와 농구를 하는 모습이 매력적이었지만, 사실은 역사를 너무 사랑해서 역사학자가 되고 싶었던 사람이다.

사람들은 종종 력사를 '선비'라고 불렀고, 나는 력사를 '서울 아가씨'라고 불렀다. 두 별명이 서로 잘 붙지 않고 오묘하다. '선비인데, 또 서울 아가씨야?' 이처럼 듣는 사람 갸우뚱하게 만드는 캐릭터들의 조합, 그게 바로 차력사였다.

이제 나는 새삼 다시 생각한다.
력사는 어떤 사람이었나.
력사는 참 느린 사람이었다.
생각이 많고, 신중하기도 하고,
그러면서도 한편으로는 엄청 수다스러웠지.

력사를 처음 만난 것은 무려 약 이십 년 전, 2006년의 일이다. 그 시기 력사는 페미니스트 단체 언니네트워크의 활동가였다. 수많은 사람이 함께했던 3회 페미니즘 캠프의 기획단이었던 력사를 나는 잘 기억하지 못한다. 그냥 '청조끼 입은 부치1' 정도였다랄까? 하지만 그렇게 무심한 중에도 '저 사람, 참 열심이다' 했던 것만은 생각난다.

다시 력사에게 관심을 기울이게 된 때는 그로부터 삼 년이나 지난 2009년이었다. 그 시절 나는 외로움에 지쳐 있었다. 매일같이 연애하고 싶다고 아주 노래를 부르는 나에게 친구들은 미리 말이라도 맞춘 듯 하나같이 말했다.

"야, 력사는 어때? 내가 보기엔 너랑 력사 아주 잘 어울려. 잘해봐!"

솔직히 옆에서 그렇게 부채질한 까닭도 있었을 것이다, 내가 력사를 눈여겨보기 시작한 것은. 작고 단단해 보이는 그 사람이, 농구공을 통통 튀기는 그 사람이 귀여워 보였다.

그리고 2009년의 어느 날, 의도치 않게 둘만 떠난 여행길에서 우리는 연애를 시작했다.

이제 나는 또 생각한다.
력사에게 나는 어떤 사람이었을까?

우리의 연애는 수월하고 쉬운 듯하면서도 쉽지 않았고, 가시밭길인 듯하면서도 편안했다. 그는 이십 대 후반이 되어 안정된 삶을 원하던 나에게 내가 필요한 안정감을 가진 사람이었다. 한편 정적인 삶을 살아가던 그에게 나는 생각보다 큰 다이나믹이었던 것 같다. 력사는 내가 학교로 돌아가 학위를 받기를 바랐고, 나는 력사가 그만 공부하고 좀 덜 열심히 살기를 바랐다. 둘 중 어느 한 사람도 서로가 원하는 바를 들어주지 않았다.

그래도 서로 너무 달라서 통하는 부분도 있었다. 력사는 자존심이 워낙 센 사람이라, 자기 어렵고 힘든 이야기를 잘 하지 않았다. 반대로 나는 워낙 외향적인 사람이라 내가 느끼는 외로움이나 쓸쓸함을 설명하기가 항상 어려웠다. 우리 둘은 그래서 참 외로웠고, 그래서 서로에게 기댈 수 있었다. 외로운 사람들끼리 만나니, 자연스럽게 서로에게 어깨를 내어줄 수 있었다.

력사의 지기 싫어하는 성격이, 사람들에게 빚지지 않으려는 마음이, 자존심이, 나와는 너무나 달랐던 그 모든 것이, 갈수록 너무나 크게 느껴졌던 그 차이점들이, '그래서 싫은 것'이 아니라 '그래도 괜찮은 것'이 되어가는 시간이 있었다. 우리는 서로가 원하는 사람이 되어주지는 않았지만, 서로의 필요를 채워주는 사이는 될 수 있었다.

이십 대 후반에 시작한 연애는 삼십 대를 다 보내고 사십 대가 되도록 이어졌다. 돌이켜보면 삼십 대부터 사십 대 초반까지 우리에게는 참으로 많은 일이 있었다. 력사는 끊임없이 취업 시험에 낙방했고, 나는 내가 하고 싶은 일에 정착하지 못하고 계속 방황했다. 싸우기도 많이 싸웠다. 력사는 참으로 신중한 사람, 경험주의자라는 것을 이해하고 있었지만, 사실 그래서 발생하는 언쟁도 분명 있었다. 나는 력사가 나를 좀 더 신뢰하고 내가 생각해낸 정답을 믿고 따라주기를 바랐다. 하지만 력사는 무작정 누군가의 말을 따르기보다는, 본인이 경험하고 느낀 후에 판단하고 싶어 하는 사람이었다. 차이일 뿐 옳고 그름을 따질 일은 아닌데, 그때 우리에게는 그런 것도 참 중요한 싸울 거리였나 보다.

아― 모르겠다.
우리의 12년은, 그냥 두 사람이 각자 성인으로
자라나는 시간이었던 것 같기도 하다.
취업에서 매번 고배를 마시던 사람이
직장에 들어가고,
꿈을 찾지 못해 방황하던 사람이 꿈을 찾게 되고,
둘이서 이제야 숨을 돌리며 세상 즐기는 법을
하나씩 배워나가기 시작하는.

이십 대에 시작한 연애라면 대개 그렇겠지만, 나

는 력사와 처음 해본 일들이 많다. 처음으로 함께 해외여행을 갔다. 번듯한 브랜드의 옷을 사고, 멋진 레스토랑에서 식사를 해보기도 했다. 연말연시를 가족이 아닌 다른 사람과 보낸 것도 력사가 처음이었다. 삼십 대가 되어서는 처음으로 차를 사서 드라이브를 다니고 친구들과 캠핑을 다녔다. 력사가 자기 명의로 집을 사게 되었을 때는, 우리가 이제야 비로소 '어른'이 되었다는 생각이 들었다. 이십 대 후반에 만나 삼십 대를 함께 보내며 우리는 서로를 통해서 세상을 배우고, 위로받았으며, 삶을 버텨낼 힘을 얻기도 했다.

그리고, 암 판정

"난소에 암이 있대."

그렇게 말하는 력사의 목소리가 너무나 침착해서, 나는 놀랐지만 크게 당황하지는 않았다. 갑작스러운 소식이었으나, 사실 력사는 이미 여러 해 동안 몸이 좋지 않았다. 며칠씩 하혈을 해서 병원에 가 철분제를 처방받았고, 면역력이 떨어져 홍삼을 열심히 챙겨 먹기도 했다. 하지만 나도 력사도 '주 4회 헬스, 주 3회 영어 수업을 다니며 온몸을 불태우고 있으니 당연히 피곤하고 힘들겠지' 생각하며 넘겼다. 그런 력사가 어느 순간부터 소화불량과 복통을 호소하기 시작했다. 병원에 가라고 잔소리를 했지만, 달포 넘게 듣지 않았다. 결국 참다 못해 력사를 끌고 살림의원에 갔다. 그게 토요일이었던가. 우리의 친구이기도 한 원장 선생님은 최근 증상을 조용히 듣고 촉진을 해보더니 말했다. "당장 초음파와 CT 검사를 받아봐." 암 판정을 받은 것은 그로부터 정확히 한 달 후였다.

당시 력사는 제주에 취업하여 살고 있었다. 그래서 우리는 졸지에 주말 커플이 되었다. 나는 목요일 저녁에 퇴근하고 제주로 갔다가 월요일 아침에 서울로 돌아와 회사로 출근했다. 금요일에는 재택근무를 하고, 주말에는 함께 영화관에 가고 마트에서 장을 봐 맛있는 음식을 해 먹었다. 특별한 것은 없었다. 오랫동안 함께한 만큼 우리는 이미 부부 같은 것이 되어 있었다는 생각이 든다. 조금 고된 듯하다가도 편안하고 포근하고 충실한 시간들.

하지만 력사가 제주에 살고 있다는 바로 그 사실 때문에 암 판정을 받기까지 한 달이나 걸렸다. 살림 의원으로부터 정밀 검사를 받아보라는 진단을 듣고서 바로 초음파 검사를 할 수 있는 병원을 찾았다. 력사가 제주에서 혼자 믿을 만한 병원을 찾아 초음파 검사를 받기까지도 일주일이 넘게 걸렸다. 초음파 검사 결과를 확인하니 포궁이 안 좋아 보인다는 소견서를 들고 다시 대학병원으로 가 진료받고 CT 찍고 결과를 기다렸다. 그러는 사이 시간은 빠르게 흘렀던 것이다.

앞에서 력사와 처음 해본 일이 많다고 했는데, 큰 병원에 진료를 예약하는 것도 그중 하나다. 전화를 끊자마자 우리나라에서 가장 좋은 의사 선생님을 찾았다. 싱거울 만큼 쉬웠다. 이미 누군가가 각 분과별로 '대한민국 최고의 명의'라 하는 의사들과 소속 병원을 쭉 정리해두었다. '모 병원의 아무개 의사 선생님.' 머릿속으로 수없이 되뇌며 즉시 력사에게 갔다. 그리하여 손 꼭 잡고 대학병원 진료실에 앉은 우리는 병세가 정확히 어떤지, 얼마나 심각한지 알지 못했지만, 의사 선생님의 표정이 그다지 밝지 않은 것을 보고 쉬운 상황이 아님을 직감했다. 내가 "서울 모 병원으로 가려 합니다"라고 말하니, 그는 잘 생각했다고 했다. 그 선생님이 자기 은사님이라며 연락해두겠다는 말도 잊지 않았다.

암 판정을 받던 순간, 우리는 한때 『주역』을 공부하셨다는 력사의 아버지가 생전에 남기셨다는 말씀을 떠올리고 있었다. "력사는 사십 즈음에 안 좋은 일이 생기거나 크게 아플 테니까 꼭꼭 기억해두고 있어라." 그렇게 말씀하셨던 력사의 아버지 또한 암으로 돌아가셨다. 력사는 가족력이 있으니 자신도 언젠가는 암에 걸릴 수도 있다고 막연하게 생각만 하고 있었다고 했다.

어머님께는 암에 걸렸다는 이야기를 한참 하지 못하다가 항암을 시작하고서야 알릴 수 있었다. 말씀드리면 분명 력사의 아버지 이야기를 하며 슬퍼하실 텐데 마음이 복잡해서 선뜻 말씀드릴 수가 없었다. 이런저런 설명 없이 제주로 오시라고 한 후에 암 판정을 받았다는 사실과 치료 계획을 간단히 공유드렸다. 어머니는 대성통곡을 하시며 말씀하셨다.

"그러게 아빠 말을 새겨듣고 평소에 몸 관리를 잘하라니까 이제 어떡하니?"

남편 없이 큰딸에 의지하여 자식 둘을 키워오신 분이니 충격이 더욱 컸을 것이다. 그걸 예상했으면서도 병이 병이니만큼 알리지 않을 수 없었다. 하지만 그날 어머니의 반응을 보며 우리는 이야기한 것을 약간 후회했다. 어느 부모가 자식이 암에 걸렸다는 소식을 듣고 멀쩡할 수 있겠냐만, 환자인 력사가 자신은 괜찮아질 거라고, 금방 나을 거라고 한참 동안 어머니를 도닥이고 안심시키며 육체적, 정신적 피로를 감당해야 했기 때문이다.

너무 큰 충격을 받으면 그렇게 되는 것일까, 정작 우리는 눈물 한 방울 흘리지 않았다. 이내 머리를 맞대고 앉아 이것저것 논의하기 시작했다.

력사는 들어두었던 보험의 보장 내용을 찾아보고, 회사의 질병 정책을 확인하며 본인의 계획을 이야기했다.

“지금은 휴직하기에 적절한 시기가 아닌 것 같아. 일단 중간중간 질병휴가를 내면서 항암 치료를 받으면 될 것 같아.”

“보험은 전에 들어둔 게 있어.”

력사가 평온하게 설명하는 계획을 들으며, 나는 현실을 만들어갔다.

“내 일정도 최대한 줄여볼게.”

“웬만하면 휴직을 신청하자. 일단 중요한 건 네 건강이야.”

어떻게 가야 할지 알 수 없는 길에 대해 하나씩 논의하며 정리해 나갔다. 그때까지도 우리는 그해 여름 친구들과 함께 가기로 했던 영국 여행과 나의 남아공 출장을 취소해야 한다는 사실을 아쉬워하고 있었다. 참 철없게도.

다행히 ‘명의’가 계신다는 수도권 큰 병원으로 가기까지는 일주일도 걸리지 않았다. 우리는 생각했다.

‘우린 아직 젊어. 열심히 치료받고 나으면 되지. 요새 의료 수준이 얼마나 좋아졌는데. 암은 끝이 아니야. 병을 계기로 건강을 더 열심히 챙기면 되는 거야.’

그저 인생의 다음 장을 어떻게 펼쳐나갈지 고민할 시기가 왔을 뿐이라 생각했다. 적어도 그땐 그랬다.

그냥, 친구예요

력사와 함께하는 시간이 길어지면서 나는 우리 관계를 고민하기 시작했다. 아니 어쩌면 력사를 만나면서부터였는지도 모른다.

'대한민국의 현행법은 우리를 인정하지 않는데, 그렇다면 우리 관계를 인정받기 위해서는 어떻게 해야 할까?'

모두에게 력사가 내 파트너라고 공개적으로 알리고 사는 게 훨씬 수월하지 않을까, 생각해보기도 했다. 하지만 차력사는 벽장 레즈비언 직장인이었다. 무엇보다 가부장제 가족 제도에 대해 부정적이고 고민도 많았기에 이미 있는 혈연 가족 이외에는 가족이라는 관계를 더 만들고 싶지 않다고도 했다. 그는 2008년에 비혼식까지 한 비혼주의자였다. 그래서 우리 이야기의 후반부를 들여다보면 나의 지난한 력사 설득의 역사를 읽을 수 있다.

"우리 그냥 결혼하자."

"알았어! 동성결혼이 법제화되면 그때는 결혼하는 거다?"

"아- 나도 무조건 1번으로 혼인신고하자고 하는 건

아니잖아! 한 300번째 커플 정도는 어때?”

“나도 연금 받고 싶다고!” 등등.

력사와 십 년 넘게 만나며 농반진반으로 결혼을 이야기했지만, 한 번도 내가 그의 ‘보호자’가 될 것이라고 생각해보지는 못했다. 주변 친구들의 파트너가 아파서 수술했다는 소식을 듣고 문병을 다녀오기도 했지만, 그들은 대부분 짧게 입원하다가 퇴원했다. 내가 자세한 사정을 들여다볼 수 없는 제삼자이기에 그랬을 수도 있지만, 수술 후에도 어느 순간이 지나면 스스로 자기 몸을 돌보는 듯 보였다. 따라서 그때까지 나는 환자의 투병에 보호자의 역할이 얼마나 중요한지 제대로 인식하지 못했었다. 력사가 계속 하혈할 때 챙겨주며 잔소리를 하기도 했지만, 그건 어디까지나 그저 걱정에 지나지 않았다. 돌봄은 그와는 비교도 되지 않는 차원의 일이라는 것을 몰랐다. 아니, 몰랐다는 말도 부족하다. 나는 돌봄에 대해 아예 생각도 해본 적이 없는 사람이었다.

그렇게 아무 준비도 되어 있지 않은 상태로, 나는 력사의 보호자가 되었다.

서울의 큰 병원에서는 력사의 진단서를 받아 보고 심상치 않다고 판단했다. 당장 의료 조치를 시작해야 한다고 해서, 내원한 당일에 급작스럽게 입원을 결정했다. 력사는 진료받으러 왔다가 얼떨결에 입원하게 되어 당혹스러워했다. 나는 력사의 침대 옆에 쪼그리고 앉아 밤새 꾸벅꾸벅 졸다가, 그가 잠든 틈을 타서 병원 짐을 꾸리기 위해 급히 집으로 향했다.

병원 짐을 챙기는 것은 처음이었기에 지금 생각하면 참 어설프기 그지없었다.

'수건은 병원에서 주나? 몇 장은 가져가야 할까?'

'칫솔 치약은 챙겨야 할 거고… 샴푸랑 린스 정도는 비치되어 있겠지?'

병원에 뭐가 있고 뭐가 없는지, 무엇을 챙겨야 하는지 전혀 감을 잡을 수 없었다. 그 와중에도 여유만만했다. '뭐, 필요하면 더 가져오면 되니까!' 생각하다가 어이가 없어서 혼자 웃었다. '벌써 장기전을 준비하고 있잖아?' 하면서.

우여곡절 끝에 병원에 입원하고서 며칠은 온갖 검사를 받고, 다시 받고, 또 받았다. 그래도 입원할 수 있어서 다행이었다. 암 판정을 받고서 력사의 상태가 더 많이, 더 빠르게 나빠졌기 때문이다. 그런 모습을 보면서 이제부터는 내가 력사를 지켜주어야 한다고 굳게 마음먹었지만, 대단한 결의는 아니었다. 사실 내가 보호자라는 사실을 일깨워준 것은 병원에서 작성해야 했던 수많은 서류였다. 응급실에 들어가고 입원실로 이동하기까지 보호자명과 환자와의 관계를 작성해야 하는 서류가 계속 등장했다. 그 서류들에 이름을 올리고 보호자 명찰까지 받으면서 난 '보호자'가 되었던 것이다.

병원에 있는 내내 의사와 간호사 등 병원 관계자들은 보호자를 찾았다. 병에 대해 설명을 듣고 향후 치료 방향을 의논해야 했다. 병원 관계자들이 부르지 않는 시간에도 보호자는 한가할 수 없다. 환자는 링거를 매달고 있어 거동이 쉽지 않다. 보호자는 때 되면 환자가 밥을 먹을 수 있게 식판을 가져왔다가 다 먹고 난 뒤 정리해야 한다. 또 화장실 갈 때 링거를 들어주어야 하고, 며칠에 한 번은 머리를 감거나 샤워하는 것도 도와줘야 한다. 밤에도 편히 잘 수 없다. 링거에 수액이 없으면 피가 역류한다. 그러니 보호자는 병상 옆 간이침대에서 지키고 있다가 수액이 다 떨어지면 간호사를 불러야 했다.

력사를 대신해 친구들과 소통하는 일도 내 몫이었다. 꼭 매니저가 된 기분이었다. 처음에는 누구에게, 어디까지 알려야 하는지 몰라 헤맸다. 그러는 사이 가까운 친구들이 하나둘 이 상황을 알게 되었고, 안

부를, 혹은 도울 것이 없는지 묻기 위해 전화해 왔다. 그 전화가 하늘에서 내려온 동아줄 같았다. 나는 그들을 붙들고 이것저것 물어가며 '보호자력'을 한 단계씩 높여갔다.

많은 동성 커플이 파트너가 크게 다치거나 아프기라도 하면 어떻게 해야 하나, 두려움에 떤다. 나 또한 그랬기에 잘 안다. 다행히 력사는 의식이 있었고 몸도 움직일 수 있었다. 의료진은 수술이나 처치와 관련해서 당사자의 의견을 가장 중요하게 여겼기에, 주로 력사와 이야기를 나누었다. 나는 그걸 옆에서 잘 듣고 궁금한 점을 정리해두었다가 아침 회진 때 묻기만 하면 되었다.

하지만 어느 순간 알게 되었다. 그들이 날 '진정한 보호자'로 여기지 않는다는 것을. 나는 배우자도, 가족도, 친인척도 아닌 '그냥 친구'니까. 그래서 이후 나는 '환자와의 관계'를 묻는 질문에 '친구'라 답했던 일을 내내 후회하게 된다. 그리고 생각하기 시작했다.

'보호자의 자격은 무엇인가?'

력사와 나는 함께한 지 11년 차를 맞는 동성 커플이었다. 그동안 소위 '대국민 커밍아웃'은 하지 않았고,

할 계획도 없었다. 그러던 중 력사가 암에 걸렸고, 난 병원에 스스로를 '력사의 친구'라 소개했다. 그러지 말았어야 하는데.

암 병동 다인실에 입원해 있는 동안 여러 사람을 만났다. 그중에는 우리보다 빨리 투병을 시작한 분도, 우리와 비슷한 때 발병한 분도 있었고, 본인이 처한 상황에 따라 신세 한탄부터 보조식품 소개까지 끝도 없이 이야기를 늘어놓곤 했다. 그러다가도 그들은 번뜩 생각났다는 듯이 나에게 물었다.

"그런데 아가씨는 환자랑 무슨 사이야?"

오래 볼 사이가 아니니 가족이라고, 자매라고, 동생이라고 말해도 되었을 텐데 그렇게 말하기가 죽도록 싫었다. 그래서 매번 꾸역꾸역 "친구입니다"라고 대답했다. 그러고 나면 돌아오는 반응은 한결같았다.

"아이고, 친구가 대단하네!"

"가족보다 친구가 낫네."

"이런 친구가 있어서 얼마나 다행이야?"

도무지 웃을 수가 없었다. 속으로 이런 말을 씹어 삼켰다. '대단할 것 없는데요. 력사는 제가 평생 함께하고 싶은 파트너니까요. 가능하기만 하다면 지금 당장이라도 결혼하고 싶어요. 이 병에서 다 낫기만 하면 우리는 앞으로도 쭉 함께 살아갈 거예요.'

력사를 떠나 보낸 이후 후회나 아쉬움이 엄청나진 않았다. 하지만 돌봄 과정 내내 병원에서 끊임없이 겪어야 했던 이 '웃지 못할 상황'만은 지금도 커다란 후회로 남는다. 하지만 다시 돌아간다 해도 내 대답이 달라질 수 있을까. 력사는 죽는 날까지 자신의 성적 지향을 공개적으로 밝히지 않았는데, 내가 그렇게 대답하는 것을 기뻐할까. 괜히 내가 력사의 파트너라고 밝혔다가 안 그래도 힘든 투병 생활에 남의 눈총까지 받게 되지는 않을까.

더욱 무서운 것은 이런 생각이다. 내가 아무리 력사와 11년을 만난 여자친구라고, 가족만큼 가까운 사이라고, 가족이나 다름없다고, 아니, 우리는 가족이라고 말해도 그들은 나를 력사의 '진정한 보호자'라 인정하지 않을지 모른다는 생각.

가발을 손에 들고서

우리는 젊었다. 우리는 용감했다. 우리에게는 굳은 의지가 있었다. 그래서 암 진단을 받고도 흔들리지 않았다. 지금 수술하기 어려운 상황이라면, 일단 항암제를 써서 암세포 크기를 줄여나가자. 필요한 치료를 받고 건강한 생활습관을 기르면 병이 나을 거야.

일단은 기존에 살던 대로 살며 치료를 병행하기로 했다. 력사는 연차를 내어 서울과 제주를 오가며 치료를 받았다. 이제 막 경력에 물이 오른 참이었다. 휴직하기엔 현실적인 문제도 많고, 휴직 이후도 생각해야 했다. 그리고 무엇보다 아직은 견딜 만하다고 생각했다.

력사 이전에 항암 치료는 드라마에서 본 것이 전부다. 암 가족력도 없고, 주변 사람들도 다들 건강했다. 막연하게 '항암 치료를 받으면 머리카락이 빠진다'는 것 정도만 알고 있었다. 력사의 항암 치료는 평온하게 시작하는 듯했다. 첫 항암주사를 맞고도 큰 거부 반응이 없어서 다행이라고 생각했다. 그런데 다음 치료를 받기도 전에 탈모가 시작되었다. 제주로 돌아간 력사가 처음 전화로 탈모 소식을 알려 왔을 때는 '아

그냥 머리카락이 평소보다 좀 많이 빠지는가 보다’ 생각했었다. 그런데 실제로 만나 보니 머리카락이 단순히 몇십 가닥 더 빠지는 정도가 아니었다. 이쪽에서 한 움큼, 저쪽에서 한 움큼 빠져나가며 숱 많던 력사의 머리는 순식간에 듬성듬성해졌고, 아무리 청소기를 돌려도 머리카락 빠지는 속도를 따라잡지 못해 이내 바닥에 머리카락이 수북하게 쌓이곤 했다. 결국 머리를 밀고 가발을 맞추기로 결정했다. 사람들이 항암을 시작하면 가발을 사는 이유가 있었던 것이다.

검색하고 검색해 가발 제작하는 업체를 찾았지만, 쉽지 않았다. 어찌 된 노릇인지 남자 가발은 짧은 머리, 여자 가발은 단발 이상 긴 머리뿐이었다. 짧은 스포츠머리보다는 길고 단발보다는 훨씬 짧았던 력사의 평소 머리 스타일에 맞는 가발은 어디서도 찾을 수가 없었다. 그래도 어찌어찌 뒤지고 뒤져 가발을 제작했다. 회사에 쓰고 다녀야 한다는 것을 염두에 두고, 비싸더라도 자연스럽고 좋은 것으로. 력사의 머리 모양과 선호도를 고려한 가발은 맞춤형이라 그런지 제작 시간도 꽤나 걸렸다.

마침내 완성된 가발을 손에 들고서, 우리는 항암 치료를 받으며 일하는 삶을 상상했다. 그러나 현실은 녹록지 않았다. 가발을 제대로 써보기도 전에 력사는 결국 휴직계를 내기로 했다. 직장 생활과 항암 치료를 병행하기란 생각처럼 쉬운 일이 아니었고, 병이 깊다는 사실을 받아들여야 했다.

그래도 우리는 여전히 활기찼다. 계속 서울과 제주를 오가며 치료를 받았다. 하지 않던 운동을 시작했다. 제주에 있는 동안은 한라수목원을 걸었고, 서울에 있는 동안은 우리 집 근처 산과 둘레길을 걸었다. 올빼미 생활을 그만두고 일찍 잠자리에 들었다. 게을리하던 집 청소도 매일같이 하고, 다양한 야채를 준비해 매일 건강한 음식을 해 먹었다. 이렇게만 지내다 보면 다 괜찮아질 것 같다는 생각이 들었다. 심지어 력사는 이 와중에 인생 2막을 준비하겠다며 자격증을 따고 실습도 다녔다.

그러나 암환자의 컨디션은 들쑥날쑥하다. 어떤 날은 발병하기 이전만큼 쌩쌩해 보였고, 어떤 날은 갑자기 열이 올라 응급실로 달려가야 했다. 하지만 우리는 젊었고, 젊으니까 견뎌낼 수 있다 믿었다. 그래야만 했다. 암을 이겨낼 수만 있다면, 뭐든 다 할 수 있었다.

질병과 함께한 시간들

이 책에 력사의 투병기를 너무 많이 쓰지는 않으려고 한다. 총 이 년을 투병하는 동안, 력사는 그래도 대체로 활기찼다. 점점 더 체력이 떨어지고, 점점 더 걷는 게 힘들어지고, 점점 더 열이 나는 시간이 길어졌지만, 그것은 정말 어느 기점 이후의 일이었다.

력사는 정말 살고 싶어 했다. 력사는 하고 싶은 게 정말 많은 사람이었다. 할 수만 있다면 공부만 하며 살고 싶다고 했다. 하지만 그럴 수 있는 여건이 되지 못했기에 학부를 졸업하고 돈을 벌며 대학원을 준비했고, 대학원을 졸업하고도 쉬지 않고 취업을 준비해야 했다. 지금 와 생각해보니 력사가 정규직으로 취직한 것은 삼십 대 후반이 되어서였다. 력사가 늘 시간을 아까워했던 것은 그래서였을까. 취직 이후엔 그동안 하지 못했던 수많은 취미 활동을 했다. 친구들과 함께 캠핑을 갔고, 매주 오리엔티어링을 즐기며 대회에 나가 메달도 땄다. 목공을 배우며 집의 가구를 바꿔 나갔고, 틈틈이 해외여행도 몇 번 다녀왔다. 영어 학원에 다녔고, 헬스장도 꾸준히 나갔다. 정말이지 빡빡한 삶이었다.

그래서 력사가 이렇게라도 쉴 수 있게 되어 다행이라는 생각도 잠깐 했었다. 다 나을 거라 확신했으니 할 수 있는 생각이었다. 이 시간을 통해서 력사가 삶의 여유를 찾고, 숨도 좀 돌려가며 살 수 있었으면 했다. 하지만 그러지 못했다. 력사는 쉬는 시간이 초조했고 불안했다. 그는 하루 벌어 하루 사는 전형적인 직장인이었다. 오랜 취업 준비 생활로 갚아야 할 빚도 많았고, 책임져야 할 혈연 가족이 있었고, 아직 앞날이 불투명한 파트너도 있었다. 이 모든 것이 력사의 어깨에 달려 있는 짐이었다. 지금은 그 부담과 무게를 조금 더 이해할 수 있게 되었다. 하지만 그때는 그가 그런 걱정 따윈 다 제껴두고 자기 자신에게만 집중하길 바라고 또 바랐다. 물론 거의 불가능한 일이었지만.

당시 력사는 죽음에 대해 이야기하는 것 자체를 재수 없는 일이라 생각했기에, 우리는 그에 관련해서는 어떤 이야기도 나누지 않았다. 하지만 하루는 이런 일이 있었다. 여느 때처럼 결혼을 이야기하다가 나는 법적 파트너가 아니기에 네 연금을 받을 수가 없다고 장난 섞어 꿍얼거렸다. 그때 력사가 갑자기 정색을 하고 말했다. "미안한데, 연금은 엄마한테 드려야 할 것 같아. 너도 알잖아, 우리 집 상황." 그 말대로 력사의 가정 형편을 모르지 않았고, 무엇보다 진짜 력사의 연금을 받고 싶어서 했던 말도 아니었다. 저렇게 진지하게 받아들일 일인가 싶었지만, 력사는 그런 사람이었다. 언제나 한없이 진지하고 책임감이 강한 사람.

그래서 나는 아픈 중에도 계속 고민하고 뭔가 해내려 하는 이를 어르고 달래고 끌어내어 설득하면서 긴장을 풀어주려 노력했다. 특별한 방법은 없었다. 그냥 노는 거지. 력사는 사람을 참 좋아하는 사람이었다. 오늘은 이 친구네 가서 수다를 떨고, 내일은 저 친구를 우리 집에 초대해 같이 보드게임을 하고, 또 어떤 날은 친구들과 함께 여행을 가기도 했다. 친구들과 함께 수다를 떨고, 게임을 하고, 맛있는 음식을 먹다 보면, 이 모든 오늘이 별것 아닌 듯 느껴지곤 했다. 그래, 별것 아닌 평범한 일상. 우리가 간절히 보내고 싶었던, 그래서 최대한 아무 일 없는 척하려 노력했던 바로 그 실체도 없는 '평범한 일상.'

그러고 보니, 나는 어떻게 살았던가? 나는 그 시간을 어떻게 보낸 걸까? 잘 기억이 나지 않는다. 난 힘든 일을 잘 잊어버리는 편이다. 안 좋은 일에 대해서는 기억력이 나쁜 우리 엄마를 닮았다.

력사의 투병이 시작된 2019년 하반기는 내게 무척 바쁜 해였다. 국내에서 열리는 성소수자 국제 컨퍼런스를 준비해야 했고, 그 외에도 해외 출장이 꽤나 많이 잡혀 있었다. 나는 국제단체의 공동의장으로 선출되었지만, 해외에서 열리는 이사회에는 갈 수 없다고 연락해야 했다. 다른 해외 출장들도 대부분 취소했고, 꾸준히 참여하던 외부 활동도 줄여나갔다. 직장에서는 고맙게도 재택근무 전환에 동의해주었다.

다행이라 생각했다. 력사와 일정을 맞춰서 병원에 함께 갈 수 있고, 항암제 투여 후 거부 반응이 나타날 수 있는 며칠을 함께 보낼 수 있었다. 초반에는 보호자라는 나의 위치가 뿌듯하기도 했다. 거듭거듭 이야기하지만, 다 금세 나을 수 있을 거라 생각했기 때문이다.

하지만 력사는 쉬이 낫지 않았다. 약을 몇 차례 바꾸며 치료에 대한 불안이 깊어졌던 력사는 대체요법, 대안요법에 빠져들기 시작했다. 좋은 식단에 골몰하며 관련 강좌도 들었다. 디톡스 이야기를 하며 당근주스나 레몬즙 이야기를 꺼냈다. 그게 몸 안의 독소를 빼내는 데 도움이 된다더라며. 나는… 그게 썩 탐탁지 않았다. 아직 대체요법까지 찾아야 하는 상황은 아니라고 판단하기도 했고, 일단 지금은 항암제를 투여하고 있으니 양방에 따르는 치료가 최선이라 생각하고 있었다. 하지만 그 대체요법이라는 게 딱히 몸에 해가 되는 일은 아니었기 때문에 환자가 마음이 편하다면 굳이 뜯어말리거나 하지는 않았다. 그래도 력사는 내내 서운했던 모양이다.

다시 거슬러가 생각해보면 나는 썩 좋은 보호자가 아니었던 것 같기도 하다. 그의 치료 과정에 함께했지만, 치료 방향을 제시하거나 어떻게 결정해야 한다고 주장하지는 않았다. 환자가 하고 싶다면 하는 것이 후회가 없는 방법이라 생각했다. 력사는 워낙 고집이 강한 사람이니까, 괜히 그런 문제를 두고 대립하면 스트레스를 받을 테니까. 하지만… 어쩌면 나는 두려웠던 게 아닐까? 내가 주장하고 선택한 방법으로 치료하다 무슨 일이 생기면 원망을 듣게 될까 봐?

나는 내가 해줄 수 있는 일을 열심히 했다. 아침에 일어나면 그가 원하는 당근 주스를 만들고 레몬즙을 짜냈다. 환자의 질병을 낫게 해줄 수 없는 현실을 애써 외면하며, 할 수 있는 것에만 집중하고 있었다는 생각이 든다. 나는 적극적으로 따르고 소극적으로 주장했다. 력사는 이제 환자니까 서울에 올라와 있어야 한다고 강권했을 뿐, 어떤 음식을 먹고 어떤 병원에 다니고 어떤 치료를 받아야 하는지에 대해서는 전혀 토론하지 않았다. 막연히 병원을 신뢰했던 것이라고, 력사의 결정을 믿었던 거라고 생각했지만, 역시나 두려워서 회피했던 것 같다.

시간이 갈수록 력사를 돌보는 일은 힘들어졌지만, 나는 생각만큼 나를 포기할 수 없었다. 나는 내 일이 좋았고, 내 주변 사람이 좋았고, 내가 하고 있는 모든 것이 즐거웠다. 당연히 력사에게 "너 혼자 알아서 해"라고 말하지는 않았다. 나는 그와 인생을 함께하기로 한 파트너이자 보호자였으니까. 당연히 그가 완쾌할 때까지 내 시간을 전부 쏟아야 한다고 생각했다. 하지만 모든 즐거움을 다 물리치고 돌봄에 전념하지는 못했다. 그래서 많이 번민하고 죄책감을 느꼈다. 사실 누군가를 돌볼 때 나를 잃지 않는 것은 너무나 중요하다. 쳐내야 하는 일들을 정신없이 해나가는 것이 돌아보면 오히려 나를 지키는 방법이 되었다.

투병 기간 동안 서로에게 미안한 것만 쌓였다. 환자인 력사는 나에게 이것저것 요구만 하는 것이, 나는 명색이 보호자인데 별 도움이 못 되는 것이 미안했다. 사랑하고 고맙다는 말보다는 미안하다는 말이 늘어갔던 것 같기도 하다.

그렇게 력사도, 나도, 우리는 함께 지쳐갔다.

력사가 요양병원에 들어갔다

항암 치료를 받던 력사가 어느 날 선언했다. 요양병원에 들어가겠다고. 사실 처음 진단받았을 때 력사는 이미 난소암 4기였다. 4기라는 단어가 얼마나 고달프고 암담한 것인가를 절감했을 땐, 도저히 더 나아질 수 없으리라는 것을 온몸으로 깨닫고 난 뒤였다.

력사가 처음부터 요양병원을 생각했던 것은 아니다. 하지만 앞서 이야기한 것처럼, 점점 대체요법, 대안요법에 집중하기 시작하더니 어느 날 자기가 강의를 듣는 선생님이 추천해주시는 식단을 운영하는 요양병원에 들어가고 싶다고 했다. 거기 머물며 식단도 하고 그 안에서 진행하는 프로그램도 듣겠다며. 당시 우리는 점점 더 힘들어지고 있었고, 고민도 많아졌으며, 서로에게 미안한 마음도 커지던 차였다. 그래서였을까, 나는 그의 요양병원행에 덜컥 동의해버렸다. '본인이 원하는 곳에서 마음 편히 지내다 보면, 몸도 좀 더 나아지지 않을까?' 생각했다.

그렇게 력사는 2020년 12월에 요양병원에 들어갔다.
2021년 5월까지 거기에 머물렀고,
임종할 때가 가까워져서야 우리에게 돌아왔다.

요양병원의 프로그램을 비난하는 말이 될까 봐 주저된다. 하지만 자신들이 운영하는 프로그램이 잘 맞는 환자가 있다면, 맞지 않는 환자도 있다는 것을 그들은 정말 생각하지 못했을까? 아마도 력사는 그 병원에서 가장 병세가 나쁜 환자였을 것이다. 다른 환자들은 대부분 수술을 받고서 요양병원에 들어와 몸과 마음을 다스리며 건강을 회복해갔다. 하지만 력사는 달랐다. 적극적으로 치료를 받았지만 건강이 나아지지 않았다. 그 상황에서 입원한 력사에게 단식이나 디톡스를 하고 육식을 끊으라고 이야기하는 자연치유치료는 도무지 맞지 않아 보였다. 그래서 력사는 급격히 말라갔다.

누가 봐도 피죽도 못 먹은 듯한 모습에 죽음의 기운이 가득한데도 력사는 그 안에서 평온했던 모양이다. "사진 경진대회에 나갈 거야" "요새는 우쿨렐레를 배우기 시작했어"라는 이야기를 재잘재잘 떠들었다. 력사는 그 병원에서 가장 젊은 환자였다. 그래서 병세가 가장 나빴음에도 그보다 나이 많은 환자들의 부탁을 들어주는 사람이 되었다. 쉬지도 못하고 자잘한 일들을 해주는 모습을 보면 화가 났지만, 그게 이 공동체에서 력사가 맡은 역할인가 보다고, 력사가 기쁘게 돕고 있다면 그걸로 되었다고 생각하려 노력했다.

하지만 도저히 참을 수 없을 정도로 력사의 상태가 안 좋아지기 시작했다. 혼자 걷기가 힘들어서 지팡이를 짚어야 했고, 어느 순간부터는 혀가 말려 들어가며 발음도 부정확해졌다. 전문가가 아니라도 알 수 있었다. 력사가 서서히 죽어가고 있다는 것을. 빈혈 수치가 너무나 나빠져 있었는데도 병원에서는 어떠한 치료도 하고 있지 않았다는 사실을 나중에야 알았다.

력사에게 말했다. 이제는 요양병원을 나와서 마지막을 준비해야 한다고. 그래도 력사는 듣지 않았다. 아니 듣고 싶어 하지 않았다. 그에게 요양병원은 마지막 선택, 최후의 보루 같은 것이었다. 력사에게 요양병원에서 퇴원한다는 것은 곧 그 선택이 실패했음을, 더 이상 삶에 남은 희망이 없음을 의미했을지도 모르겠다. 그럼에도 나와 친구들은 끈질기게 마음을 다해 력사를 설득했고, 결국 력사는 요양병원에서 퇴원하여 서울로 돌아왔다. 그것이 력사가 세상을 떠나기 삼 주 전의 일이다.

우리를 지탱해준 사람들

력사는 이 년 동안 투병했다. 이 년. 길다면 길고 짧다면 짧은 시간.

당연한 말인가 싶기도 하지만 환자의 보호자가 된다는 것은 쉬운 일이 아니었다. 내가 처음 생각했던 보호자의 고충은 '병원 간이침대에서 쪽잠을 자는 정도'였는데, 현실의 보호자는 그것보다 더 많은 일을 해내야 했다.

이제 와 생각하면 모르는 게 약이었다 싶다. 간병이 얼마나 힘든지 알았다면 시작조차 할 수 없었을 것이다. 오히려 완전히 무지했기에 난 무작정 간병을 시작할 수 있었고, 일단 시작했으니 계속할 수 있었다.

투병 기간이 경과함에 따라 력사가 서울에 올라와 있는 시기도 길어졌지만, 초반에는 서울에서 이 주, 제주의 자기 집에서 이 주 지내는 식으로 끊임없이 왔다 갔다 했다. 다행히 력사가 제주에 있는 동안은 력사의 어머니가 력사를 돌봐주기로 하셨다. 한숨 돌렸지만, 그래도 할 일은 끝이 없었다. 집을 깨끗하게 치우고, 건강한 반찬을 만들고, 건강 보조 식품들을 챙겨야 했다. 하지만 쉬울 리 없었다. 나는 본래 절제되고 깔끔하며 건강한 삶을 살아가던 사람이 아니었으므로. 그런 내가 보호자라는 역할을 그럭저럭 해낼 수 있었던 것은 다 주변의 손길 덕분이었다.

친구들은 돌봄의 수많은 순간에 함께해주었다. 항암 치료를 받으러 병원에 가야 할 때면 운전할 줄 모르는 나를 대신하여 기꺼이 자기 차로 우리를 병원까지 태워다주고 다시 집까지 바래다주었다. 그렇게 도와준 것이 한두 번이 아니다. 본인들의 간병 경험과 주변의 암 투병을 떠올려가며 좋은 건강식품을 추천해주고, 보호자가 잘 쉬어야 한다고 나까지 살뜰히 챙겨주었다. 자기가 아는 의료적, 법적, 사회적 지식을 총동원하여 현재와 앞으로의 상황을 같이 논의해준 친구들도 있다. 력사가 투병을 시작할 때부터 함께해주었던 이 친구들은 이후 력사의 호스피스 시기와 장례식, 그 이후에도 지속적으로 우리를 챙겨주었다.

돌봄은 하루 중 거의 모든 시간을 요하는 일이기에 직장 생활과 병행하기가 쉽지 않다. 력사를 간병하던 시기만큼 내가 성소수자 인권 단체에서 일하고 있다는 사실이 고마웠던 적이 없다. 사무실의 동료들은 나의 가장 큰 서포터가 되어주었다. 나는 재택근무를 하고 내가 맡았던 일을 내려놓기 시작했다. 동료들은 나를 배려해주고 내가 맡고 있던 일들을 대신 처리해주었다. 내가 최대한 많은 시간을 력사와 함께할 수 있도록. 일반 회사였다면 절대 불가능한 일일 것이다. 어느 회사가 '친구' 간병을 위해 근무 시간과 업무를 조정해주겠는가? 정말 다른 보호자들은 어떻게 돌봄을 감당해내고 있는지 모르겠다.

2021년 4월, 력사는 의사에게 호스피스로 옮기라는 말을 들었다. 전혀 마음의 준비를 하지 못했던지라 이때 받은 충격을 이루 말할 수 없다. 당시 력사는 요양병원에 머물며 서울에 있는 병원을 오가고 있었다. 그런데 호스피스 이야기를 듣고 나서는 더더욱 요양병원에 매달리며 거기서 어떻게든 병을 치료해보겠다며 애를 썼다. 하지만 상황은 너무나 명확했다. 마침내 때가 온 것이었다. 이제는 정말로 력사의 마지막을 준비해야 했다.

나중에 안 사실이지만, 그때부터 친구들끼리는 의논하기 시작했다고 한다. 그러고는 돌아가며 요양병원에 있는 우리를 찾았다. 력사에게 죽음을 이야기하며 하루라도 빨리 퇴원해야 한다고 강권했다. 친구들의 목표는 하나였다. 빨리 력사를 퇴원시켜서 본인의 마지막을 준비할 수 있도록 하는 것.

상상할 수도 없다. 세상 어느 누가 소중한 친구에게 "너 죽는다"라고 이야기하고 싶겠는가. 그 힘들고 어려운 일을 이 친구들이 해주었다. 력사가 요양병원을 나온 것은 전적으로 그를 다독이기도 하고, 현실을 냉정하게 이야기하기도 하며 설득해준 친구들 덕분이다.

이 친구들 덕에 력사가 적어도 요양병원에서 마지막을 맞지는 않을 수 있었다.

한 친구가 자기 집 방 한 칸을 력사가 머물 수 있도록 내어주었다. 그 집에 머물면서, 력사는 마지막을 준비할 수 있는 시간을 얻었고, 력사의 어머니는 자식의 마지막이 임박했음을 아셨으며, 나는 력사의 다음을 준비할 마음과 시간의 여유를 얻을 수 있었다.

며칠 동안, 이 집에는 친구들이 수없이 찾아왔다. 한 친구가 지난 이십여 년간 찍은 사진들을 출력해와서 다 함께 한 장 한 장 돌려보며 깔깔대고 과거를 추억하기도 했고, 또 한날은 변호사인 친구와 함께 다같이 둘러앉아 유언장을 써보는 시간을 갖기도 했다. 력사가 그동안 먹고 싶었다던 음식을 해 먹이고, 보드게임을 하고, 또다시 둘러앉아 수다를 떨었다.

력사가 떠나고 한참이 지나고 나서야, 그 시간이 생전 장례식이었던 것 같다는 생각을 했다. 력사에게 잘 가라는 인사를 하는 자리는 아니었지만, 과거를 함께 추억하고, 우리가 함께였음을 기뻐했던 그 자리야말로, 많은 이가 말해왔던 바로 그 생전 장례식이었다.

그 시간을 지내며 나는 호스피스 시설 대기자 명단에 력사의 이름을 올릴 수 있었고, 력사도 호스피스 시설로 옮겨 갈 결심을 할 수 있었다. 호스피스로 떠나는 그날까지도, 친구들은 력사를 극진히 대해주었다. 친구들의 그 든든한 마음 덕에 나머지 시간을 버틸 수 있었다.

지금 와 다시 생각해도, 도저히 그들이 내어준 마음과 시간에 보답할 수는 없을 것 같다. 내가 만약 친구의 입장이었다면 그렇게 할 수 있었을까, 늘 생각해보곤 한다. 매일매일 밥을 차리고, 설거지를 하고, 손님을 맞고, 청소를 하고, 력사의 건강을 살피고, 력사의 보호자인 나까지 살펴주는 일, 력사의 마지막을 고민하고, 력사의 마지막이 힘들지 않도록 함께 이야기 나눌 프로그램을 짜고, 유언장을 쓰자고 이야기하고, 죽어가는 이와 함께 마음을 나누는 일을 나라면 할 수 있었을까. 친구들의 마음을, 고맙다는 말로는 부족할 그 큰 마음을 떠올린다. 그때의 친구들에게 이 자리를 빌어 다시 한번 정말 고마웠다고, 나도 너희에게 그런 친구로 오래 남고 싶다고 전해본다.

력사의 처음이자 마지막 커밍아웃

력사는 벽장 레즈비언이었다. 고등학생 때에야 바이섹슈얼로서의 정체성을 자각한 나와는 달리, 력사는 아주 어렸을 적부터 자기 정체성을 알고 받아들였다고 한다. 하지만 공개적으로 커밍아웃한 적은 한 번도 없었다. 하지만 력사를 처음 만났을 때 나는 딱히 그가 벽장 레즈비언일 거라고 생각하지 않았다. 우리는 많은 성소수자가 함께하는(당연한 말이지만) 페미니스트 단체에서 만났고, 활동에 있어 성적 지향은 전혀 문제가 되지 않았다. 그래서 모두가 자신의 성적 지향을 편안히 드러냈기 때문에 그 작은 커뮤니티 안에서는 서로가 서로의 정체성을 이미 다 알고 있었다.

게다가 력사는 (내가 생각하기에) 소위 말해 '티가 나는 사람'이었으니까. 항상 짧은 머리에 '여성스럽다'는 말과는 거리가 먼 옷 스타일. 외관으로만 보면 성별을 한번에 알아차리기가 어려운 사람이었다. 나는 력사의 그러한 스타일도 참 좋아했기 때문에 전혀 아무렇지 않았지만, 그 '티가 난다는 사실'이 간간이 그의 삶에 고민거리가 되었다. 사회생활에서 만나는 사람들은 여성스럽지 않고 결혼도 하지 않은 력사를 신기하게 여겼고 궁금해했다. 력사는 이성애자로 보이려고 노력하는 타입은 아니었지만, 그가 이성애자로 보이지 않는 것과 동성애자로 의심받는 것은 좀 다른 문제였다.

그가 가고 싶어 하는 학교나 직장은 매우 보수적인 곳이었다. 위험 부담을 감수하며 공개적으로 커밍아웃할 수 없는 상황이었으며, 력사는 자신이 속한 페미니스트/퀴어 커뮤니티 안에서 있는 그대로의 자신으로 살아가는 것만으로도 외롭지 않고 안전하게 살 수 있다고 생각했던 것 같다.

반면 나는 성소수자활동가로 정체화하고 살아가면서, 그래도 력사보다는 편안히 커밍아웃하며 지냈다. 둘 다 가족에게는 밝히지 않았다는 점은 같았지만, 나는 성소수자 단체에서 활동하면서 얼굴을 밝히고 인터뷰하거나, 글을 기고하기도 했다. 력사는 이런 나를 응원하고 지지하지만, 소셜미디어에 본인을 드러내지는 말아주었으면 한다고 했다. 보수적인 직장에서 자신의 성적 지향이 '문제'나 '약점'이 될까 염려했다. 그래서 나는 력사와 함께하는 십수 년 동안 소셜미디어에 파트너 이야기를 하면서도 력사의 닉네임조차 한 번도 공개적으로 이야기한 적이 없다.

함께한 시간이 길어지고 한국에서도 동성혼이 화두에 오르면서, 우리 둘도 결혼에 대해 이야기를 나눈 적이 있다. 본디 비혼주의자였던 력사는 "동성결혼이 합법화되면 수백 번째 정도에는 이름을 넣자"라는 데 아주 어렵게 동의했다. 비혼식까지 한 력사에게 '결혼'은 상상해보지 않은 미래였고, 그는 '공적인 가족'을 만들어가는 것에 대해 내가 생각했던 것 이상으로 거부감과 부담을 느끼고 있었다.

여하튼 우리는 십수 년을 만났지만, 력사의 중고등학교, 대학교 친구들과 직장 동료들에게 나는 존재하지 않는 사람이었고, 내 지인들에게 력사는 '미스터리한' 사람이었다. 한 친구는 십수 년 동안 력사를 소개해주지 않는 나에게 묻기도 했다. "야, 너 진짜 애인 있는 거 맞아? '사이버 연애'하는 건 아니지?"

하지만 우리에게도 겹치는 지인이 있었다. A는 력사가 매우 아끼는 대학 후배이자 대학원 동기였다. 력사와는 공부하면서 만나, 이후 력사의 페미니스트 친구들을 소개받고 같은 커뮤니티에서 활동하게 되었다. 자연스럽게 나와도 안면이 있는 사이가 되었다.

난 력사에게 종종 말하곤 했다. "다른 사람들한테 커밍아웃하라고는 말 안 해. 그래도 A 씨한테는 이야기해야 하는 거 아니야?” 그도 그럴 것이 같은 커뮤니티에 속해 있으면서 내가 력사와 함께 있는 모습을 계속 볼 텐데 커밍아웃을 하지 않았으니 인사를 하기도 뭔가 어색하고 불편했던 것이다. 력사는 몇 차례 A에게 커밍아웃하려 준비하기도 했지만, 막상 만나 수다를 떨다 보면 말할 시간이 나지 않았다고 이야기하곤 했다.

력사가 투병을 시작하고 난 이후에는 커밍아웃에 대해 일절 이야기하지 않았다. 처음에는 투병 그 자체에 몰입했고 그 이후의 삶까지도 바라보고 있었기 때문에, 나중에는 급격하게 시들어가는 력사를 보며 마음을 어느 정도 내려놓았기 때문에. 호스피스에 들어가기 전 력사가 친구네 집에 머무는 동안, 친구들은 매일같이 력사를 찾았다. 수다를 떨고, 사진을 보고, 게임을 하며 력사와 마지막 추억을 쌓았다. 그리고 A가 찾아왔던 어느 날, 력사가 다른 이야기를 하다 말고 문득 A를 보며 말했다.

“A야, 할 말이 있어. 난 레즈비언이고, 캔디는 내 파트너야.”

생각지 않았던 순간, 생각지도 못한 커밍아웃이었다.

난 력사가 “A야”라고 말하는 순간부터 울기 시작

했던 것 같다. 놀랍고 감동적이었다. 그것이 력사의 첫 커밍아웃이었다.

언젠가는 내 동생이 아내와 조카를 데리고 찾아왔다. 동생의 아내는 력사를 가리키며 조카에게 말했다.

"고모한테 인사해."

별것 아닌 듯한 순간이었지만, 그날 저녁 력사와 이야기를 나누었다.

"너한테 고모랬어."

"그러게. 내가 네 조카한테는 고모구나."

우리의 관계가 명확해지는 순간은 이렇게 느닷없이, 아무 준비 없이 찾아왔다. 대대적인 커밍아웃도, 결혼 예식도 하지 않았지만, 내 가족은 력사와 내가 가족이라는 사실을 자연스럽게 받아들여주었다. 우리가 함께한 시간이 어느새 우리를 가족으로 만들어준 것이다. 우리 관계를 하나로 묶어주는 끈이 없다는 생각에 괴로워하고 마음 아파했던 나날들을 조금은 위로받는 듯한 기분이었다.

력사가 살아 있었다면 우리 관계가 뭔가 달라졌을지, 함께 인생의 다음 막을 열 수 있었을지는 누구도 모를 일이다. 하지만 안타까운 것은 그 순간을 소화할 새도 없이 네가 떠나버렸다는 점이다. 우리의 이야기는 끝나버렸다. 우리 조카는 아마 자기 백일을 함께해주었던 너를 기억하지 못할 것이다.

마지막을 알리다

력사의 어머니에게 력사의 마지막을 알리던 이야기도 써야 할 것 같다. 투병 기간 내내 돌봄의 중심은 처음부터 끝까지 나와 친구들이었다. 처음 진단을 받았을 때도 우선 친구들에게 알렸고, 그 이후에 어머니에게 전했다. 어머니가 딸이 암에 걸렸다는 소식을 듣고 충격받으실 것을 걱정하기도 했지만, 그만큼 력사는 워낙 독립적인 사람이었다.

력사가 암에 걸렸다는 사실을 듣고서 어머니는 당장 짐을 싸서 력사가 있는 제주로 오겠다고 하셨다. 자식과 한 공간에 머물며 조석으로 지극정성을 다해 돌보는 것이 당신이 하실 수 있는 유일한 일이라고 생각하셨던 것 같다. 그러나 력사는 단호하게 거절했다. 며칠 정도 함께 보내는 것은 괜찮지만, 아예 내려와서 같이 살면 서로 피곤해지고 싸우기만 할 거라고. 대신 캔디가 자기를 잘 돌볼 거라고도 했다. 자식의 성정을 너무나 잘 아는 어머니는 마뜩잖았지만 그래도 력사의 선택을 따랐다. 력사의 대학병원 통원 보조와 입원 기간 중 간병을 함께해보신 후에는 칠십 대인 당신 체력으로는 감당할 수 없다는 것도 받아들이셨다. 그래도 투병 기간 내내 어머니는 제주를 몇 번이고 왕복하셨다. 함께 있을 수 있는 날이라면 언제든 가리지 않고 자식에게 갔고, 삼시세끼 따뜻한 밥과 건강한 반찬을 내주셨다. 력사가 서울로 거처를 옮기고 난 후에는 우리 집으로 계속 반찬을 보내주셨다. 그렇게 엄마로서 딸에게 하실 수 있는 최선을 다 하셨다.

하지만 어머니에게 력사의 치료가 잘되지 않고 있다는 말이나, 임종이 다가온다는 말은 할 수 없었다. 사실 암 진단을 받았다고 알린 이후에는 초반에 한두 번 병원에 함께 간 것 외에는 치료의 진행에 관해 어떤 말씀도 드리지 않았다. 좋지 않은 말이었으니까. 차마 할 수 없었기도 하고. 하지만 력사가 정말 마지막을 준비해야 하는 지금은 어머니께 전하지 않을 수 없었다. 어머니께 력사가 머물고 있는 친구네 집으로 방문해주십사 부탁드렸다. 의사인 친구가 중심이 되어, 력사의 현재 상태가 어떤지, 력사가 어떻게 이 집에 머물기로 결정하게 되었는지, 앞으로 무엇을 어떻게 해나갈지를 설명해드렸다.

어머니는 사실 력사가 암 진단을 받은 순간부터 이런 날이 올 수 있다는 것을 각오하고 계셨는지도 모르겠다. 이미 력사의 아버지가 력사가 어릴 적 암으로 돌아가셨고, 어머니도 암 병력이 있기 때문이다. 어머니는 집 안에 들어섰을 때부터, 모여 있는 친구들을 보았을 때부터, 자식의 얼굴을 마주한 순간부터 이미 다 아셨을 것이다.

어머니는 우리에게 력사를 잘 부탁한다고 말씀하셨다. 여기에 있겠다는 딸의 뜻을 수긍하셨고, 이 근방에서 호스피스를 찾아보겠다는 우리 의견도 받아들이셨다. 당신은 본가 근처에 있는 호스피스로 들어오기를 원하셨지만, 크게 주장하거나 욕심내지 않으셨다. 아마도 집에 가서는 많이 우셨겠지. 돌아서시는 어머니의 뒷모습이 오래 기억에 남았다.

이날 이후 어머니가 력사를 다시 만난 것은 호스피스 병동에 입원하면서였다. 그날부터 력사의 마지막 날까지, 어머니는 마지막을 향해 가는 자신의 첫째 딸을 마치 처음 낳았을 때처럼 살뜰히 돌보셨다. 그리고 누구보다 마음을 굳세게 다잡고 력사의 마지막을 준비하셨다.

돌봄의 시간 속에서 생각한
인간의 존엄에 대하여

존엄이란 무엇일까.

죽음으로 가는 길에 력사가 가장 두려워한 일 중 하나는 존엄을 상실하는 것이었다. 스스로 자기 몸을 통제할 수 없게 될까 봐 무서워했고, 마지막의 마지막 순간까지 스스로 제어할 수 있다는 것을 끊임없이 증명하려 했다. 그랬던 력사이기에 그게 불가능함을 받아들이는 순간 온몸의 기능이 멈춰버린 듯 무너졌던 것 같다.

처음 시작된 변화는 혀가 굳어가는 것이었다. 정작 본인은 모르는 듯했지만 미묘하게 변해가는 말투에 난 이미 두려움을 느끼기 시작했었다. 본인이 변화를 느끼기 시작한 시점은 운신이 불편해지면서부터였다. 갈수록 걷는 것이 쉽지 않아 친구에게 지팡이를 빌렸다. 지팡이를 쓰는 시간이 점점 늘어나더니, 나중에는 지팡이 없이는 걷기 힘들게 되었다. 자주 다리가 붓고 아팠다. 나는 곁에서 다리 밑에 베개를 넣어 다리를 높여주곤 했다.

그래도 친구네 들어갈 때까지만 해도 그나마 스스

로 운신할 수 있었는데, 호스피스에 갈 때는 혼자 차에 타고 내리는 것조차 쉽지 않게 되었다. 력사는 지팡이로도 운신이 쉽지 않게 되었을 때 호스피스에 들어가, 사실상 혼자 움직일 수 없게 되어서 호스피스를 나왔다.

호스피스를 나온 것은 력사가 절대 거기 있고 싶지 않다고 주장했기 때문이다. 그렇게 옮겨 간 이모 집에서 력사는 운신이 어렵다는 사실을 깨달았지만, 그 사실을 받아들이고 싶지 않아 스스로 움직이려 애를 썼다. 하지만 이모네 들어간 지 하루 만에 다리에 힘이 풀려 거실 바닥에 주저앉은 채 다시 일어나지 못하는 자신을 발견한다. 나는 외부에서 다른 일을 보다가 당장 돌아오라는 연락을 받고 부랴부랴 이모님 댁으로 갔다. 력사는 이미 몇 시간째 거실에 주저앉아 일어나지 못하고 있었고, 힘없는 고령의 어르신들은 그런 력사를 일으키지 못하는 상황이었다.

그때 력사가 무척 화를 많이 냈던 것이 기억난다. 자신을 일으켜주지 못하는 엄마와 이모에게, 그 순간에 자신과 함께 있어주지 않고 한참 뒤에야 나타난 나에게, 그리고 자리에서 일어나는 것조차 하지 못하는 자기 자신에게. 그건 아마도 좌절이었을 것이다.

그날로 력사가 몸을 움직일 수 없다는 사실이 거

의 확실해졌다. 어머니는 나에게 조심스럽게 말씀하셨다. 간이 화장실이 필요하다고, 그리고 기저귀도 있었으면 좋겠다고. 이전까지는 혼자 화장실까지 걸어가지는 못하더라도, 지팡이를 짚거나 부축을 받으면 화장실까지 갈 수 있었다. 물론 력사는 거세게 반항하고 항의했다. 죽음으로 향하는 길에 력사가 마지막으로 지키고 싶었던 단 한 가지 존엄은 화장실에서 혼자 소변을 보는 것이었다.

이모님이 어디선가 간이 화장실을 구해 오셨다. 침대 옆에 두고 사용하는, 양변기처럼 생긴 의자였다. 그때부터 력사는 소변을 최대한 참기 시작했다. 몸을 자주 일으키기가 힘드니 최대한 버텼다가 한번에 해결하려 했던 것이다.

그러나 딱 두 번 시도한 간이 화장실 이용은 쉽지 않았고, 성공적이지도 않았다. 세 발자국 정도를 떼는 것도, 바지와 팬티를 내리는 것도, 변기에 맞춰 의자에 앉는 것도, 무엇 하나 쉽지 않았다. 혼자서는 제대로 서지도 못하면서 내 몸에 기대 어떻게든 변기에 앉아 용변을 보려 애쓰던 력사를 기억한다. 나는 분노하고, 서러워하고, 당혹스러워하는 력사를 달래고 위로했다. 괜찮다고 백번 말했지만, 나에게도 그건 전혀 괜찮은 일이 아니었다.

력사가 기저귀를 사용해야 한다는 사실을 받아들이는 건 나에게도 괴롭고 수치스럽고 무섭고 슬픈 일이었다. 오히려 현실을 빠르게 받아들이고 어떻게 기저귀를 사용할지 고민한 사람은 력사의 어머니였다. 남편의 마지막을 겪어보셨기 때문일까. 수십 년 전 이미 수도 없이 기저귀를 갈아주었던 자식이니 어렵지 않으셨을지도 모른다. 아니면 그저 현실적으로 필요하다는 사실을 즉시 받아들이셨던 것일지도 모르지만 어머니는 빠르고 명확하게 결단하셨다.

력사는 거절하고 또 거절했다. 화를 내고 또 냈다. 하지만 어머니가 "칠십 넘은 엄마 허리로는 너를 일으켜 세울 수 없다"라고 말씀하시자, 즉시 체념했다. 력사가 끝까지 포기하지 못하던 자신의 존엄을 내려놓기로 결정한 이유는, 죽어가는 딸을 돌보는 엄마가 너무 힘들어했기 때문이었다. 엄마 허리가 아프단 소리에 좌절 가득한 얼굴로, 그러나 아무 군말 없이 기저귀를 받아들이던 력사를 기억한다. 그때 나는 미안하다고 속삭이는 것 말고는 아무것도 해줄 수 있는 게 없었다. 처음 내 손으로 기저귀를 내밀었던 순간을 기억한다. 그 순간 력사가 지었던 절망 어린 표정도 기억한다. 자존감이 누구보다 중요한 사람이었던 력사, 그래서 어떻게든 용변만은 스스로 해결하려 애쓰던 그에게, 그 사실을 누구보다 잘 아는 내가 기저귀를 내밀어야만 했던 순간의 그 처참한 마음을 잊을 수가 없다.

사실 나도 기저귀를 쓰게 하고 싶지는 않았다. 저걸 쓰는 순간 력사가 모든 것을 놓아버릴 것만 같아서. 그리고 정말로 자신의 자존심과 자존감, 존엄이라 생각했던 것을 내려놓은 후, 력사는 빠르게 사그라들었다. 가족들과 나는 력사를 다시 호스피스로 데려가기로 결정했다. 이번에는 력사의 의지와 전혀 관계없이, 보호자들이 판단하여 내린 결정이었다.

력사에게는 응급구조사 선생님들이 오시고서야 호스피스로 가자고 이야기했다. 력사는 크게 저항하지 않았다. 력사가 죽게 되리라는 건 알고 있었지만, 그 순간이 이렇게 코앞일 거라고는 생각하지 못했다. 그런데 응급실 간호사 선생님들이 산소포화도 검사를 하더니 화들짝 놀라며 력사에게 산소호흡기를 씌웠다. 어떻게 이제 데려오셨어요, 어떻게 산소호흡기 없이 버티셨어요, 말씀하시는데 그제야 깨달았다. 아, 정말 당장 병원에 와야만 했었구나.

력사는 응급실에서 호스피스로 옮기고 며칠을 버틴 후 하늘로 갔다. 미루고 미루던 소변줄을 끼운 지

채 24시간이 안 되어서였다.

정신과 의사 김혜남은 "어른으로 산다는 것은 다양한 상실을 받아들이는 과정"이라고 말했다. 늙어간다는 건 꿈과 건강, 사랑하는 이까지 상실이 차곡차곡 쌓여가는 과정이지만 좀처럼 적응 안 되고 받아들이기 힘든 게 자기 통제력의 상실이 아닐까 싶다. 그중에서도 인간으로 태어나서 가장 먼저 배우는 자기 통제력인 배변의 통제가 힘들게 되었을 때 이제 아무것도 스스로 통제할 수 없다는 자괴감이나 수치심이 일어나는 건 당연해 보인다.[2]

난 아직도 력사가 죽음의 순간을 선택했다고 믿는다. 력사는 자존감을 지키는 것을 유독 중요하게 생각하는 사람이었기에, 그게 사라진 순간 살아갈 이유 또한 함께 상실했을 것이다. 력사가 느꼈을 자괴감과 수치심이 어느 정도였을지 나는 상상할 수도 없다.

몸의 존엄이란, 그런 것이다.

되돌아간다면 어떻게든 력사의 존엄을 함께 지켜낼 수 있었을까. 다시 생각해봐도 모르겠다. 나는 력사가 어떻게든 몸을 움직일 수 있도록 돕는 것 말고

---

2 김은형, 「어머니는 기저귀가 싫다고 하셨어」, 《한겨레》, 2022.2.16. (https://www.hani.co.kr/arti/opinion/column/1031380.html)

는 해줄 수 있는 게 전혀 없었다. 우리가 좀 더 나이 들었다면 받아들이기 쉬웠을까 생각해본 적도 있지만, 그것 또한 아닌 것 같다. 나를 내려놓고 남에게 기대고 맡기는 게 인간으로서 존엄을 버리는 일이 아님을 받아들이는 것은 오랜 소통과 교육, 믿음이 있어야 비로소 조금 가능해지는 것이 아닐까 생각해본다.

그리고 그 모든 것과 별개로, 그러한 상황에서도 환자를 죽어가고 있는 불쌍한 존재가 아니라 동등한 한 인간으로 대하고, 여전히 소중한 친구이며 가족이라고 이야기해주는 그 목소리들이 환자의 존엄을 지켜주는 것이라고 나는 믿는다. 력사의 마지막 순간 우리 친구들은 줌(zoom)으로 모였다. 그때 그들이 건네준 말 한마디 한마디가, 력사가 존엄을 가진 한 인간으로서 사망할 수 있게 했다. 정말로 큰 선물이었다고 생각한다.

인간으로서 각자 생각하는 존엄과 품위는 사람마다 다를 것이다. 어떤 이에게는 자기 신체를 통제하는 것, 어떤 이에게는 효능감과 유능감, 어떤 이에게는 또 다른 것이겠지. 이것은 삶의 순간순간마다, 처한 상황마다 달라질 것이다. 하지만 명확한 한 가지는, 이 존엄이라고 하는 것을 나 혼자 만들어낼 수는 없다는 사실이다. 서로의 삶이 존엄할 수 있도록 바라봐주고 말 걸어주는, 기댈 수 있는 옆이 있어야 한다. 이것이 우리가 함께여야 하는 또 하나의 이유라고, 나는 생각한다.

우리, 유언장을 함께 써보자

성소수자 커플에게 유언장이 중요한 이유를 꽤나 오래전부터 이야기해왔다. 현행법은 우리에게 어떤 보호도 제공해주지 않기 때문에, 스스로 제대로 된 유언장을 쓰고 그것이 잘 집행되도록 준비하는 것은 자신이 사망한 이후에 혼자 남을 파트너에게 최소한의 안전장치를 마련해주는 일이기도 하다.

그래서 우리 주변에는 이미 유언장을 써둔 친구들이 꽤 있었다. 하지만 성소수자 커플이 유언장을 썼다는 이야기를 들을 때마다 '그런 건 유산이 있는 애들이나 쓰는 거 아닌가'라고 생각했던 것도 사실이다. 활동가로서 사람들에게 끊임없이 유언장 미리 쓰라고 이야기하고 다니면서 말과 생각이 모순된다 싶기도 했지만, 아무래도 유언장의 의미나 우리 삶에 미칠 영향력에 대한 신뢰가 부족했기 때문일 것이다.

하지만 력사의 마지막이 가까워지자 조급해졌다. 내가 력사에게 무언가를 받고 싶어서가 아니라, 그가 아무것도 정리하지 못하고 사망했을 때 유언장조차 없다면 내가 어떤 일도 대신해줄 수 없을 것이라는 걱정 때문이었다. 그렇게 되면, 력사의 유품을 정리하는 과정에서 력사가 생전에 알리기를 원치 않았던 정보가 원치 않는 사람들에게 알려질 수 있다는 불안감도 들었다.

하지만 력사는 유언장을 외면하려고 노력했다. 력사에게 유언장이란 정말 죽음을 목전에 둔 사람이나 쓰는 것이었기 때문에, 유언장을 쓴다는 것은 곧 스스로 죽음을 받아들인다는 뜻이었다. 그래서 내가 유언장 이야기를 꺼낼 때마다 재수 없는 소리 하지 말라고, 유언장의 이응 자도 못 꺼내게 단도리를 했다.

력사가 세상을 떠나기 전 변호사인 친구가 찾아와 모두 함께 유언장을 쓰는 시간을 진행했다. 력사가 편안하게 유언장을 쓸 수 있게 도우면서, 너의 죽음을 준비하기 위해 유언장을 쓰는 것이 아니라 너의 투병을 계기로 친구들이 다 함께 죽음과 그 이후의 상황에 대해 이야기하는 시간을 갖기 위함이라고 했다. 모두가 각자 종이 한 장씩을 앞에 두고 유언장을 쓰는 그 시간 내내 력사는 "유언장"이라는 제목과 "유언집행인을 캔디로 한다"라는 딱 두 문장을 쓰고는 결국 더 이상 쓰지 못했다. 뭐라고 써야 할지 모르겠다고 했지만, 역시 두려웠을 것이다.

그런데 이렇게 쓰다 만 유언장이 후에 작은 사건으

로 이어졌다.

력사가 사망한 후 다행히 나는 력사의 어머니와 함께 유품을 정리할 수 있게 되었다. 어머니께서 내가 력사의 소지품을 정리하는 데에 동의해주셨기 때문에, 력사가 공개하고 싶어 하지 않았을 사진과 편지, 퀴어 관련 물품 등 사적인 물건들을 따로 잘 정리할 수 있었다.

그런데 력사의 유언장이 발견된 것이다. 어머니는 "유언 집행인을 캔디로 한다"라는 문장을 읽고 약간 예민한 반응을 보이셨다. 나는 '력사가 유언장을 쓰고 싶어 해서 쓰려고 했던 건데, 결국 못 썼다'라고 해명하고 그 순간을 넘어갈 수 있었다. 하지만 지금도 종종 생각해본다. 만약 력사가 유언장에 커밍아웃을 했다면, 혹은 나에게 유산을 주었다면, 그의 혈연 가족들은 어떤 반응을 보였을까?

물론 그분들은 내가 몇 년간 력사를 돌봐준 시간들을 진심으로 고맙게 여겼고 나를 가족같이 대했다. 하지만 만약 유언장에 력사가 나에게 유산을 증여하는 내용이 포함되어 있었다면 아마 상황이 많이 달라졌을지도 모른다. 나의 간병이 어떤 소기의 목적을 가진 것으로 해석되거나, 내가 간병 기간 동안 심신이 온전치 못한 환자를 가스라이팅했다고 생각하셨을 수도 있다. 유언 집행을 두고 소송이 벌어졌을 수도 있고, 나는 력사의 장례식에 함께하지 못하게 되었을지도 모른다. 물론 만약 이런 일이 생겼다면, 난 그 어떤 희생을 치르고서라도 력사의 장례식에 가는 길을 선택했을 것이다. 그런다 해도 장례식에 참석할 수 없었을지 모른다. 세상은 각박하고, 내가 유산을 포기한다면 그것이 곧 내 의도가 불순했다는 증거라고 꼬아 생각할 수도 있을 테니까 말이다.

력사와 나는 함께한 시간이 십 년이 넘는 부부와 비슷한 관계였지만, 그럼에도 우리는 부부가 아니었고, 사실혼 관계도 인정받을 수 없는 동성 커플이었다. 동성 커플인 게 뭐가 문제냐고 말하는 사람들이 이따금 있는데, 이런 게 문제다. 난 력사와 동성 커플이었기 때문에 더 많은 이에게 우리 관계를 밝히지 못했고, 동성 커플이었기 때문에 법적으로 인정받는 보호자가 될 수 없었다.

어찌 보면 단순할 일을 꼬아서 생각하고 또 다시 한번 꼬아서 생각하고, 여러 가지 경우의 수를 두고서도 또 한 번 생각하며 불안해하는 것. 그게 바로 내가 동성 파트너를 두었다는 이유로 가져야 했던 마음이다.

추신. 혹시나 궁금해하시는 분들이 있을까 하여 밝혀둔다. 력사의 유품을 정리하면서 나는 감사하게도 우리의 추억이 담긴 물건들을 많이 가져올 수 있었다. 또 력사의 어머니는 그동안 고생했다며 꽤나 큰 감사 표시를 하셨다. 력사는 유언장을 쓰지 못했지만, 력사가 건네고자 했던 마음 중 일부는 어머니를 통해 나에게 전달된 게 아닐까 생각해보곤 한다.

마지막을 함께할 권리

력사가 요양병원을 나와 친구 집에서 며칠 머무르는 사이, 나는 동분서주했다. 력사는 이제 죽음이 임박한 환자이기 때문에 호스피스 병동을 예약해야 했다. 사실 그 외에는 선택할 여지가 없었다. 아픈 환자를 본래 본인이 혼자서 생활하고 일하던 제주의 자기 집으로 보낼 수는 절대로 없었고, 혈연 가족의 집은 비좁았으며, 우리집은 엘리베이터 없는 4층 빌라였다. 이 중에는 제대로 걷지도 못하는 환자가 편안히 머물 수 있는 공간이 없었다. 그래서 우리를 머물게 한 친구들에게 정말 고맙기만 하다. 위중한 환자를 집에서 돌보는 것은 단순히 방 하나를 내주는 것 이상이다. 매끼 식사부터 일거수일투족을 하나하나 챙겨야 하는 큰 노동에, 시시각각 달라지는 환자의 컨디션을 긴장하며 예의주시해야 하기에 무척 신경이 많이 쓰이는 일이다. 특히 력사는 계속 열이 나는 상태였기에 나는 수시로 열을 재며 전전긍긍하느라 잠도 제대로 잘 수 없었다.

호스피스 병동은 가고 싶다고 쉽게 들어갈 수 있는 곳이 아니었다. 우선 우리가 거주하는 곳 인근에 호스피스 병동이 있는 병원을 알아보고, 그 병원에 진료 예약을 했다. 집에서 쉽게 갈 수 있는 대학병원의 소규모 호스피스 병동이었다. 예약일에 맞춰 환자 대신 찾아가 대리 진료를 보고 호스피스에 들어갈 수 있는지 여부를 확인했다. 나는 력사의 법적 보호자가 아니었기 때문에, 신분증과 대리인동의서, 진료 기록 서류를 빼곡히 챙겨 갔음에도 왜 법적 보호자가 아닌 내가 왔는지부터 구구절절 설명하고 상담을 시작해야 했다. 환자의 상태를 이야기하는 것만으로도 진이 빠지는데, 왜 내가 왔는지를 이야기해야 하는 상황이 골치 아팠다. 병원에서 이런 경우가 많이 있다는 듯 자연스럽게 받아들여준 것이 불행 중 다행이었다.

다행히 호스피스 병동에 입원할 수 있다고 하여 이제는 빈자리가 날 때까지 기다리기만 하면 되었다. 생각했다.

'호스피스 병동에 자리가 난다는 것은 대부분 누군가가 죽어서 나갔다는 뜻이겠지. 아, 내가 죽을 준비를 하러 들어가기 위해서는 다른 누군가가 죽어야만 하는구나. 누군가가 생의 마지막을 맞이한 그 자리에서 나 또한 생의 마지막을 준비하게 되는구나.'

죽음이 이어지는 공간이라니, 마음이 너무나 복잡해졌다. 력사를 들여보내기가 너무나 싫었지만, 또 동시에 너무나 원하지 않을 수 없는 그 입원이라는 순간.

다행이라고 말할 수 있을까. 이내 호스피스 병동에 자리가 나서 력사는 친구들로부터 환송받으며 호스피스 병동에 입원하게 되었다. 당시는 코로나19가 기승을 부리던 때였다. 병원은 간호·간병을 엄격히 관리하고 제한했고, 보호자는 최대 한 명만 상주할 수 있다고 했다. 이전까지는 어디든 내가 함께였지만, 이번에는 그럴 수 없었다. 이번 보호자의 권리는 력사의 어머니가 가져가셨다. 나도 어쩔 수 없다고 생각했다. 엄마가 자식의 마지막을 곁에서 지키겠다는데, 누가 말릴 수 있겠는가. 나는 그저 어머니께 힘들면 언제든 교대해드릴 수 있다고 거듭거듭 말씀드리고, 매일매일 코로나19 검사를 받으며 병동에 들어갈 수 있기를, 가서 력사를 볼 수 있기를 바라는 것 외에는 할 수 있는 일이 없었다.

력사는 이미 문자메시지를 보내는 것조차 쉽지 않은 상태였다. 이따금 전화 통화를 할 때조차 력사가 엄마랑 24시간 붙어 있어야 했기 때문에 꼭 필요한 용건만 이야기할 수 있었다. 눈치가 보여 둘만의 이야기 같은 건 거의 하지 못했다. 병원에서 일어나는 일과 력사의 상황을 알 수 없었기에, 이때부터 나는 갈수록 불안해지기 시작했다. 내가 보지 못하는 공간에서, 내가 모르는 사이에 무슨 일이라도 일어나면 어쩌나 매일 전전긍긍했다. 화도 났다. 내가 력사의 배우자였다면, 저 병동에 보호자로 들어가는 사람은 어머니가 아니라 나였을 텐데. 어머니께서도 비록 자식의 죽음이 슬프지만, 자신이 아니라 력사의 배우자가 보호자로 동행하는 게 맞다고 동의하셨을 것이다. 하지만 나는 그의 배우자가 아니었을 뿐 아니라 법적으로 아무 관계도 아니었고, 력사가 가족에게 커밍아웃하지도 않았기에 어머니는 우리 관계를 전혀 알지 못하셨다. 그래서 나는 어떤 권리도 주장할 수 없었다.

다행히 력사는 호스피스 병동에 오래 있고 싶어 하지 않았고 력사의 막내 이모가 집을 내주신 덕분에 첫 번째 호스피스 생활은 길지 않게 마무리 지을 수 있었다. 하지만 이때의 경험은 두고두고 나의 권리 없음을 생각하게 하는 큰 트라우마가 되었다.

력사가 두 번째이자 마지막으로 호스피스 임종실에 들어가던 날, 응급실을 통해 력사를 입원시키는데 보호자 한 명만 동행할 수 있다고 했다. 당연히 어머니께서 자연스럽게 함께 들어가셨다. 그렇게 력사와 어머니를 응급실에 들여보내고, 병원 로비에 앉아 한참 울었다. 이젠 정말로 마지막일 것만 같은데, 나는 력사와 함께할 수 없고, 내가 할 수 있는 일은 아무것도 없다. 나는 너무나 무력했고, 두렵고 또 두려웠다. 력사를 떠나보내는 것만도 두려운데, 력사에게 잘 가라는 인사조차 하지 못하고 멀리서 사망 소식을 듣게 될까 봐 너무나 절망스러웠다.

친구들이 찾아와 넋 놓고 있는 나를 근처 숙소에 집어넣어 주었다. 그렇게 자는 것도 안 자는 것도 아닌 밤을 보낸 다음 날, 력사의 어머니에게 연락이 왔다.

"내가 간호사 선생님께 말해서 너도 같이 있어도 된다고 허락받았어. 얼른 와!"

하늘의 도움인지 인간의 측은지심인지 아니면 그간 동고동락한 나에 대한 어머니의 애정 때문인지 뭔지 잘 모르겠지만, 일단 력사에게 갈 수 있으니 되었다. 나는 한달음에 병원으로 달려갔다. 력사는 그새 상태가 더 안 좋아졌다. 고통을 표현하는 것 이외에는 목소리를 내는 법도 없었다. 어머니와 나는 앉은 채 꾸벅꾸벅 졸며 력사를 지켰다.

떠나갈 준비를 하는 사람은 점점 더 조용해졌고, 떠나보낼 준비를 하는 사람들도 아무 말이 없긴 매한 가지였다. 오늘일지 내일일지 알지 못하는 그날. 우리는 하루하루 초조한 마음이었다. 그리고 정말로, 마지막을 준비하기 시작했다.

사전연명의료의향서

력사가 사전연명의료의향서를 쓴 게 언제였는지 사실 잘 기억이 나지 않는다. 아프기 직전이었던가, 아니면 아프고 난 직후였던가. 여하튼 활동하던 의료사협에서 사전연명의료의향서를 함께 쓰기 시작하던 때였다. 〈호스피스·완화의료 및 임종과정에 있는 환자의 연명의료결정에 관한 법률〉은 2018년부터 시행되었다. 그러니까 그 법이 시행되고 얼마 지나지 않았을 때 력사는 의향서를 작성했고, 그로부터 얼마 지나지 않아 발병한 것이다.

처음부터 연명치료를 받을지 거부할지 생각하고서 투병 생활을 시작한 것은 아니었기 때문에 사실 사전연명의료의향서를 작성했다는 사실조차 잊고 살았다. 의향서는 호스피스에 들어간 뒤 력사의 연명의료를 결정해야 하는 순간이 되어서야 그 존재감을 드러냈다.

처음 의사가 호스피스 병동으로 가라고 했을 때, 우리는 큰 충격을 받았다. 치료를 하다 말고 갑자기 더 이상 치료하기 어려우니 호스피스로 가라니. 치료 중에 약이 점점 잘 안 들으니 호스피스로 가는 것도 고려해야 한다고 미리 언질을 주었다면 우리가 조금은 덜 당황했을지도 모른다. 하지만 의사의 말은 전후 없이 단호했고, 우리는 쫓겨나듯 진료실을 나와야 했다. 사회복지사 선생님은 놀란 우리를 위로하며, 호스피스 병동을 설명하고 소개해주었다. 지금 와서 생각해보면, 그분은 연명의료와 삶의 마지막을 준비하는 일에 대해 이야기하고 싶어 하셨던 것 같다. 하지만 력사는 그런 이야기를 나눌 준비가 전혀 되어 있지 않았다. 그래서 호스피스 병동도 건강이 안 좋을 때 들어가서 요양하며 다시 한번 숨을 고르는 곳 정도로 이해했던 것 같다. 아니, 어쩌면 그렇게 이해하고 싶었던 걸지도.

처음 호스피스 병동에 들어가고 나서 력사가 내게 제일 먼저 보내 온 사진 중 하나가 사전연명의료계획서였다. 호스피스 병동인 만큼 담당의 선생님이 력사가 입원한 후 사전연명의료의향서를 확인하고 력사와 함께 계획서를 작성했던 듯하다.

나는 그것을 미리 작성해두길 잘했다 싶었다. 부모의 마음이라는 것이 있지 않은가. 나라도 내 자식이 죽어가고 있다고 하면 끝의 끝의 끝까지 할 수 있는 모든 일을 다 하고 싶을 것이라는 생각이 들었다. 사람은 가끔 그런 마음으로 말도 안 되는 무모한 일을 하기도 한다. 력사의 요양병원행이 그랬다. 말기 암 환자로서 력사는 할 수 있는 시도를 다 해보고 싶었고, 그래서 단식을 하고, 채식을 하고, 명상과 상담을 이어가기도 했던 것이다. 사전연명의료의향서는 무모한 마음에 제동을 걸어주고, 마지막을 인정할 수 있게 도와주었다.

나중에 력사가 들려준 바에 따르면, 의사가 사전연명의료의향서를 가지고 와서 력사에게 '당신이 연명의료가 필요한 경우 이러저러한 것은 하고 또 이러저러한 것은 안 하겠다고 했는데, 지금도 동일한가?'를 물었고, 그것을 토대로 어머니에게도 '환자가 사전연명의료의향서를 썼다. 의료진은 이에 따라 연명의료를 진행할 것이다'라고 설명했다고 한다. 어머니는 설명을 듣고서 력사의 마지막을 더욱 분명히 받아들이고, 의미 없는 치료는 하지 않아야 함을 이해하셨던 것 같다.

그리고 이후로는 어머니의 태도가 분명히 달라졌다. 마음을 단단히 다잡고 자식의 마지막을 준비하기 시작하신 듯했다. 그 뒤로 어머니가 의료진에게 요구하는 것은 단 하나였다.

"우리 아이가 고통스럽지 않게만 해주세요."

이것이 사전연명의료의향서의 힘이었다.

력사가 떠났다

호스피스 임종실에서의 마지막 며칠 동안, 나는 력사의 어머니와 교대로 쪽잠을 잤다. 어머니가 아홉 시에서 한 시까지 주무시고 나면, 나는 한 시에서 다섯 시까지 자는 식이었다. 너무 피곤해서 잠들면서도 잠드는 게 너무 무서웠다. 혹시나 내가 자는 사이에 력사가 떠나버릴까 봐, 작은 기척에도 흠칫 놀라 깨곤 했다.

6월 9일 저녁, 친구들이 연락해 와 력사와 함께 줌 미팅을 하자고 했다. 나는 전혀 그럴 수 있는 상태가 아니라고 말했다. 력사는 그냥 자고만 있다고, 아무 반응도 할 수 없다고, 그냥 안 하는 게 낫다고. 친구는 그래도 단호했다. "누가 반응해주길 바란다니. 그래도 력사가 우리 목소리를 들을 수 있을지도 모르잖아." 그렇게 말하며 력사에게 이어폰이나 꽂아주라고 했다.

그렇게 열린 회의실 제목은 '줌으로 ASMR_력사에게', 그 소개에는 "력사는 계속 잠을 자고 있어요. 그러나 들을지도 몰라요, 친구들의 목소리를. 력사에게 꼭 들려주고픈 친구들의 말을 나지막하게 나누어요.

력사 곁에 있는 캔디가 력사에게 이어폰을 꽂아주고 호스피스실에서 함께 들을 거예요"라고 적어두었다. 속속들이 모인 친구들은 력사에게 안심하라고 이야기하며 편지를 읽어주기도 하고, 인사를 건네기도 했다. 우리가 이렇게 마주할 수 있는 시간은 지금이 마지막이라는 걸 모두가 알고 있었다. 길지 않은 시간이었지만, 력사에게 건네주는 마음들이 감사하고 또 감사했다.

그날 늦은 시간 나도 어머님이 잠드신 틈을 타서 력사에게 소근소근 귓속말을 건넸다.

"너를 만나는 동안 나는 정말로 행복했어. 너와 함께한 시간들은 언제까지나 나에게 소중한 기억으로 남을 거야. 불안해하거나 걱정하지 마. 사랑해."

답변도 미동도 없는 력사였지만, 분명 내 말을 들을 것이라고 생각했다. 우리의 마지막을 준비하는 시간은 이토록 차분하고 처절했다. 마지막을 향해 가는 사람에게 사랑한다고 이야기할 수 있는 것은 얼마나 다행스러운 일인가. 하지만 왜 난 그깟 사랑한다는 말을 이렇게 눈치 보고 숨죽여가며 해야 하는 걸까. 서글펐다. 이건 행운인가, 불행인가. 그냥, 지금 주어진 상황에 그저 감사하면 되는 걸까. 한순간도 평온할 새 없이 끝이 오고 있었다.

력사는 2021년 6월 10일 이른 새벽 먼 길을 떠났다. 다행히 력사는 어머니와 내가 모두 자고 일어난 뒤인 이른 아침에 우리에게 안녕을 고했다. 금요일 이른 아침이었다. 요일도, 시간도 너무 딱 좋았다. 사람이 사망한 시간을 두고 좋으니 나쁘니 이야기하는 것은 너무나 이상하고 부적절한 일인가 싶기도 하지만, 정말로 사실이 그랬다. 장례식을 주말에 치를 수 있었고, 여전히 코로나19 시국이었지만 그래도 사람들이 모일 수 있었던 때라서 여러모로 다행이라고 생각했다.

력사의 사망선고를 받고 무너질 듯하던 나를 붙잡은 것은 현실이었다. 정신없이 e하늘장사정보에 들어가 화장장을 예약했다. 장례식장에 전화해서 빈소도 예약했다. 력사의 직장이 상조에 가입되어 있었다는 것이 생각나 상조회사에도 전화했다. 장례지도사님은 화장장과 장지를 묻더니, 자기가 더 원활한 곳으로 화장장을 다시 예약해주겠다고 했다. 막막하던 일들이 하나씩 해결되어가니 다행이라는 생각이 들었다. 정신없는 어머니를 대신해 력사의 가족 친지들에게 연락하고 나서 나도 잠시 숨을 돌리며 엄마에게 전화했다. 엄마 목소리를 듣자마자 눈물이 터져 나왔다. "엄마, 력사가…" 오열하는 나를 엄마는 담담히 위로해주었다. 그 따뜻한 목소리에 위로받으면서도 연신 이런 생각이 들었다.

'엄마는 내 상황을 제대로 아는 걸까? 엄마는 장례식장에 올까? 엄마는 지금 무슨 생각을 하는 거지?'

어쨌든 력사는 떠났다. 나는 당장 치러야 하는 사흘간의 장례라는 현실과 함께 남았다. 새벽같이 연락했음에도 친구들은 빠르게 움직여줬다. 한 친구는 공유 문서 링크를 보내주었다. 문서 제목은 "력사가 떠나는 길 타임라인"이고 각 날짜별로 해야 할 일들이 세세하게 적혀 있었다. 친구들 맞이, 력사의 마지막 이야기 친구들에게 나눠주기, 장내 정리, 캔디와 어머니 챙기기, 조의금과 방명록 관리하기. 장례 기간 동안 그 역할을 맡아줄 친구들 이름도 일자별로 적혀 있었다. '아, 력사의 장례식은 정말로 우리 모두가 주관하는 장례식이구나'라는 생각이 들었다. 력사의 장례식은 그의 혈연 가족뿐 아니라 친구들, 그가 선택하여 확장한 가족이 함께하는 장례식이었다.

[부고] 캔디(윤다림)의 파트너상

한국성적소수자문화인권센터 캔디 활동가의 오랜 파트너인 력사(활동명) 님이 오늘 새벽 2년간의 투병 끝에 소천하셨습니다.

동성 부부가 인정되지 않는 나라인지라 상주로 이름을 올리진 못했습니다. 하지만 여러 친구들이 노력하고 어머님이 동의해주셔서 캔디 님이 유족으로서 상복을 입고 조문객을 맞이하고 고인을 보내드리게 되었습니다.

고인을 아시는 분과 캔디를 아시는 분, 오실 수 있는 분은 오셔서 캔디 손 잡아주세요.

– 일시: 2021년 6월 10일
– 발인: 2021년 6월 12일 (토) 오전 6시
– 빈소: OO장례식장 B1층 5호실
– 조의금계좌: OO뱅크 12345678 (윤캔디)
금일 오후 1시부터 방역지침 준수하여 조문 가능합니다.

상주의 자격

난, 력사라면 마지막을 담담히 준비할 수 있을 거라 믿어왔었다. 내가 십여 년 넘게 함께한 력사는 그런 사람이니까. 하지만 력사는 그러지 못했다. 생각해보면 당연하다. 사십 대 초중반, 너무나 이른 나이에 죽음을 인정하고 받아들인다는 것은 쉽지 않은 일이다. 그래서 력사는 어떠한 준비도 하지 않았다. 유언장을 쓰지 못했고, 자기 물건도 정리해두지 않았다. 심지어 처음 호스피스에 들어갔을 때는 휴직 연장을 신청하기도 했다. 자신은 나아서 복직할 것이기 때문이었다.

그래서 장례에 대한 력사의 의중은 전혀 알 수 없었다 해도 무방하다. 단 하나 이야기 나눈 게 있다면 기독교식으로 치르고 싶지는 않다는 것 정도였다. 그래서 력사의 장례식을 준비하며 고민이 많았다. 장례는 어떤 식으로 치러야 하는지, 장지를 어디로 해야 하는지, 그리고 무엇보다 내가 상주가 될 수 있는지.

많은 퀴어 친구의 장례식에 다녔더랬다. 그렇게 다니며 가장 속상했던 것은 장례식을 치르는 내내 이러지도 저러지도 못하는 파트너들의 모습을 봐야 하는 일이었다. 혈연 가족은 망자의 정체성을 인정하지 않거나 끝까지 몰랐다. 그래서 애도의 자리 맨 앞에 있어야 하는 파트너들은 존중받는 자리를 얻지 못했다. 그렇다고 자리를 떠날 수도 없었다. 망자의 가족과 친척들은 그런 그를 '저 사람은 왜 얼른 일어나지 않고 버티고 있나' 의아하다는 듯 쳐다보았다. 수년 전 나보다 일찍 파트너를 떠나보낸 동료 한 명은 장례식에 가지 못했고, 유족들이 장지조차 알려주지 않았다고 했다.

나도 그렇게 될까 봐 너무나 두려웠다.

이번에도 친구들은 나와 함께 고민해주었다. 사실 나는 어느 정도 포기하고 력사의 어머니와 가족들이 선의를 베풀어주시기만을 바라고 있었는데, 친구들은 나보다 적극적으로 움직였다. 우리가 력사의 막내 이모님 댁에 머물던 어느 날, 친구 둘이 찾아왔다. 내가 력사의 안 좋은 모습을 보이고 싶지 않다며 주저했는데도 친구들은 찾아와 력사와 한참 시간을 보내더니, 갑자기 어머니 앞에 앉아 말했다.

"어머니, 저희가 편지를 한 통 써 왔어요."

편지 내용을 읽어보지는 않았지만, 력사와 나, 우리가 얼마나 오랜 시간 가깝게 지내왔는지, 내가 력사의 투병 기간 동안 어떻게 간병했는지 소상히 설명하고 그러니 캔디도 력사의 장례식에서 상주로 넣어 주십사 부탁드렸다고 했다. 어머니는 편지를 읽고 한참 아무 말씀도 하지 않으시더니 "장례는 나 혼자 지내는 것이 아니고 친척들도 함께하는 것이기 때문에 캔디를 상주로 올리기는 어렵다"라고 말문을 여셨다. '아, 아무리 지금 어려운 상황을 함께 헤쳐나가고 있어도 역시 그냥 친구로는 한계가 있구나. 다들 애써줬는데 소용없구나' 생각하며 속으로 한숨을 삼키는데, 어머니가 말씀하셨다.

"그래도 상복은 같이 입자."

나는 그 말에 날아갈 듯이 기뻤다. 상복이 어딘가. 상복이면 됐다. 어떤 방식이든 내가 력사의 가족으로 인정받으며 장례를 치를 수 있다면 충분하다. 친구들 덕분에 난 상복을 입을 수 있었고, 장례식에서도 실질적 상주로서 역할할 수 있었다.

하지만 상주와 상복보다 더 중요한 준비가 남아 있었다. 바로 장례식장과 장지였다. 우리가 자주 찾아갈 수 있도록 접근성 좋은 장례식장과 장지를 정해야 했다. 력사를 화장할지, 매장할지, 납골당으로 갈지, 수목장을 할지 등도 큰 문제였다. 무엇보다 여전히 이런 문제를 내가 결정해도 되는지 알 수가 없었다.

그래서 어렵게 입을 뗐다.

"어머니, 장례식장이랑 장지는 어떻게 할까요?"

어머니는 그 말을 기다렸다는 듯 말씀하셨다.

"장례식장은 력사 친구들이 많이 올 수 있는 곳으로 네가 결정하렴. 수목장을 하고 싶은데, 인터넷에서 찾아보니 OO공원묘원이 좋아 보이더라."

력사가 말년에 머무르던 요양병원 근처에 있는 풍광 좋은 공원묘원이었다. 어머니와 나는 력사 곁을 비울 수 없었기에 이번에도 친구들이 대신 공원묘원에 찾아가 나무 위치를 고르고 예약까지 해주었다. 거듭거듭 고맙고 고맙다는 말을 다시 전한다. 이 모든 과정에 친구들이 없었다면 우린 어떻게 되었을까.

장례식에 많이 가보긴 했지만, 장례식을 진행해본 경험은 거의 없었다. 무작정 검색하기 시작했다. "화장 후 공원묘원으로 이동하는데, 요새는 코로나19 때문에 대기 시간이 길어요." 그러니까 서둘러야 한다는 글을 읽고 머릿속이 하얘졌다. 력사가 사망하면 나는 바로 화장장부터 예약해야 한다고 머릿속에 입력하고 또 입력했다.

이 모든 것은 우리가 그래도 어떻게든 너를 떠나보낼 준비를 하던 시기의 이야기, 네가 떠나가야 한다는 사실을 잘 받아들일 수 있기를, 그리고 편안하게, 제발 편안하게 떠날 수 있기를 빌고 또 빌었던 시기의 이야기다.

너의 장례식에서는 너를 있는 그대로
드러낼 수 있을까

력사는 부치 레즈비언이었다. 있는 그대로의 자신으로 살아가면서도, 세상의 기준에 맞추며 살고자 꽤나 노력한 사람이었다고 생각한다.

력사와 오랜 시간을 함께하면서 이런저런 이야기를 많이 나누었는데, 그중에 '치마'에 대해 했던 이야기가 기억에 남는다. 많은 다른 부치처럼 력사도 치마 입는 걸 싫어했다. 교복을 입어야 했던 학창 시절처럼 의복을 선택할 권리가 없었을 때를 제외하면 전혀 치마를 입지 않았던 것 같다. 사실 력사는 치마 입은 모습이 또 잘 안 어울리기도 했다. 나는 력사가 교복을 입고 찍은 사진을 가지고 있는데, 지금 다시 봐도 어색하기 짝이 없다. 어쩜 저렇게 치마랑 안 어울릴 수가.

하지만 취직을 준비하기 시작하면서 력사가 자기 스타일을 고수하는 데 어려움이 생기기 시작했다. 면접관들이 생각하는 '단정한 옷'과 력사가 생각하는 '단정한 옷'은 너무나 달랐다. 사회는 력사에게 '여성의 복장'을 요구했던 것이다. 여성인 력사가 입는 옷이라면 당연히 '여성의 복장'이 아닌가. 그런데 사람들은 그건 '여성의 복장'이 아니라고 말했다. 면접에서 '좋은 인상'을 주기 위해서는 옷을 다시 사고, 평생 신어보지 않았던 신발에 익숙해져야만 했다. 물론 우리는 사회적 인간이고 먹고사니즘이 너무나 중요했으니까 어떻게든 적응해나가기는 했다. 허리선이 들어가지 않은 여성용 바지 정장을 찾아내서 입었고, 코가 너무 뾰족하지 않은 로퍼를 찾아내 신고 다니기도 했다.

이렇듯 생전에 력사는 자기 스타일이 확고했고 그 스타일을 고수하기 위해 꽤나 노력해왔던 사람이기에, 나 역시 력사에게 입힐 수의 스타일에 대해 확고해질 수밖에 없었다. 하지만 원래부터 수의 스타일을 생각하고 있었던 것은 아니다. 력사가 세상을 떠나기 몇 달 전, 아는 이의 장례식이 있었다. 안타깝고 속상한 마음으로 방문한 자리에서 나는 새로운 사실을 알게 되었다.

"아무개에게 여자 수의를 입힐 수 있었어요."

아무개 씨는 트랜스여성이다. 많은 퀴어의 장례식에 다니면서도 나는 한 번도 그들이 어떤 수의를 입었을지 궁금해한 적이 없었다. 수의에 남성용과 여성용이 나뉘어 있으리라는 생각 자체를 해본 적이 없다. 그저 '퀴어 장례식'을 고려할 때 망자의 정체성을 얼마나 자유롭게 언급할 수 있는지, 장례식에 참석하는 이들이 자신의 퀴어함을 숨겨야 하는 것은 아닌지, 고인과 나누었던 교제와 삶을 자연스럽게 이야기할 수 있는지만 신경 썼던 것 같다.

그래서 아무개 씨의 파트너에게 그런 말을 들었을 때 놀라지 않을 수 없었다. 수의에 남성용, 여성용이 따로 있다니! 트랜스여성인 아무개 씨가 여성용 수의를 입고 떠날 수 있었다는 것이 망자에게도, 남은 사람들에게도 얼마나 큰 의미인지를 바로 깨달을 수 있었다.

그래서 장례지도사님께 이야기했다. 력사에게 바지 수의를 입히고 싶다고. 이것은 내가 장례식을 진행하는 내내 강력하게 주장한 몇 안 되는 사안 중 하나였다. 장례지도사님은 처음에는 난색을 표했다.

"바지 수의는 남성용이에요. 여성분이 남성용 수의를 입는 일은 없는데요."

하지만 안 되고 못 하는 일이 어디 있나. 내 소중한 사람이 세상을 떠나는데. 최대한 침착하게 설명했다. '력사는 평생 치마를 입지 않았다. 요즘 여자들 대부분이 치마보다는 바지를 더 많이 입고 다니는데, 왜 여성이라고 치마 수의만 입어야 하는가. 우리는 이

사람에게 바지 수의를 입히겠다. 고인도 그걸 원할 것이다.'

다행히 장례지도사님은 상황을 빠르게 파악하고 납득하셨다. 우리가 원하는 대로 바지 수의를 입히고 얼굴 화장도 최소한만 하겠다고 말씀해주셨다. 그렇게 력사는 마지막 가는 길을 자기 자신답게 떠날 수 있었다.

장례식

장례식이 꿈처럼 흘러가리라는 바람은 역시나 그저 꿈이었을 뿐이었다. 장례식장에 도착하자마자 사무실에 앉아 빈소에 놓을 꽃과 관을 골랐다. 빈소 크기를 고를 때에는 어머니를 설득해야 했다. 2021년 6월은 여전히 코로나19가 영향을 끼치고 있던 때라, 어머니는 조문객이 거의 오지 않을 것이라고 생각하셨다. 하지만 나는 생각이 달랐다. 사람들이 많이 올 것이었다. 어머니가 그렇게 생각하실 법도 한 것이 력사는 가족들에게 본인이 어떤 활동을 해왔는지, 어떤 관계들을 맺어왔는지 이야기한 적이 없었고, 무엇보다 어머니는 내 손님도 올 것이라고는 생각조차 해보시지 않았던 것이다.

력사가 사망하자마자 부고가 돌았다. 내가 상주로 이름을 올리지는 못했지만, 상복을 입고 유족으로서 손님을 맞는다는 소식이 함께 전해졌다. 안 그래도 경사에는 함께하지 못해도 조사에는 꼭 함께하는 사람들이 퀴어들인데, 캔디가 유족으로 자리한다고 하니 너무나 중요한 순간이 되었다. 내가 실질적 동성 파트너로서의 지위를 얻었다고 여겨졌던 것 같다.

하지만 내 위치는 여전히 애매했다. 력사의 혈연 가족은 력사의 손님에 대해 전혀 몰랐기 때문에, 력사의 휴대전화를 보며 부고장을 발송하는 일은 내 몫이 될 수밖에 없었다. 력사는 대학에 다니면서도, 대학을 졸업하고서도 다양한 단체에서 활발하게 활동했다. 력사를 아끼고 애정하는 사람은 혈연 가족들이 생각하는 것보다 훨씬 많았다.

다행히 코로나19도 약간은 소강상태에 접어들어, 생각보다 많은 사람이 조문을 와주셨다. 오지 못하는 사람들도 력사가 외롭게 떠나갈 것을 걱정하는 듯이 수많은 화환과 조기를 보내주셨다.

거듭 이야기했지만, 력사는 스스로 나을 것이라고 확신하며 치료에 임했었기 때문에 그의 투병을 아는 사람들은 많지 않을 거라고 생각했다. 그런데도 사람들이 계속 왔다. 정말이지 끊임없이 왔다. 력사의 고등학교 친구들, 대학 선후배들, 대학원 선후배들, 사회에 나와 활동했던 단체의 선후배들, 전 직장과 현직장의 동료들… 난 력사를 만나고 십수 년이 지난 그때야 력사가 이야기했던 그 친구들과 동료들의 얼굴을 볼 수 있었다. 아, 이분이 그분이었구나.

내 손님들도 많이 찾아왔다. 한 목사님은 혹시 장례를 기독교식으로 진행해야 한다면 도와주겠다고

연락해 오셨고, 우리 둘과 아주 친했던 친구 아무개
는 본인이 활동하는 단체의 조기를 보내 왔다. 괜히
"야! 력사는 그 단체 후원회원도 아니었잖아!"라고
말했지만, 이 장례식이 풍성해지기를 바라는 친구의
마음을 너무나 잘 알았기에 고마웠다.

찾아와주는 퀴어 커뮤니티의 지인·친구·동료들이
반갑고 고마웠지만, 사실 좀 부담스럽기도 했다. 내
가 상주가 아니었기 때문이다. 력사 가족들의 선의로
상복을 입을 수 있었지만, 공식적으로 상주는 력사의
동생이었다.

하지만 나를 아는, 나만 아는 손님들이 계속 찾아
왔다. 그들은 들어오자마자 "아이고 캔디야" 하며 내
손을 잡거나, 나를 안아주었다. 나는 어색하게 웃으
며, "여기가 상주인 동생분"이라고 소개했다. 어머니
는 끊임없이 찾아오는 이들이 누구인지 궁금해했다.
내 친구들을 소개하는 게 너무나 어려웠다. 누가 봐
도 퀴어인 저 퀴어를 나는 뭐라고 소개해야 하지? 좋
았지만 난감하고, 어렵고, 맘이 복잡해지는 순간. 나
는 끊임없이 거짓말을 해야 했다. 같이 성소수자 인
권운동을 하는 동료들은 "일하다 만난 좋은 일 하시
는 분"이 되었고, 커뮤니티의 친구는 "동호회 친구"
"같이 운동(!)하는 사람", 하다하다 "제 사촌동생"

이 되었다. 그런 거짓말은 누구도 원치 않았겠지만, 그렇게 할 수밖에 없었다. 딱 거기까지가 내가 그 장례식장에서 가질 수 있는 자리, 행사할 수 있는 권리였다.

그래도 장례식은 순조롭게 진행되었다. 장례지도사님과 대화가 잘 통했다는 점이 정말 중요했다. 나중에 다른 장례식장을 가보니 자기 형식에 갇혀 융통성이 전혀 없는 장례지도사들이 있었다. 장례의 형식을 논의할 수 있는 지도사가 있다는 것이 얼마나 중요한지 알았다. 어렸을 때 교회를 오래 다니기도 했고, 평생 기독교인이라는 정체성을 가지고 있었던 력사지만, 생전 딱 한 번 장례식에 대해 언급했을 때 그는 말했다. "기독교식 장례는 절대 싫어. 만약 우리 가족이 그렇게 한다면 당장 장례식을 끝내버려." 나는 말했다. "아이고 그 정도로 싫어? 그래 뭐, 네가 원한다면 들어줄게." 력사의 친가는 대대로 기독교 집안이었던 모양이다. 하지만 력사의 원가족이 력사의 바람을 받아들여 우리는 기독교식 장례를 치르지 않았다. 이때 투덜거리는 력사의 친가 식구들에게 잘 설명해준 분이 장례지도사님이었다.

장례지도사님이 너무나 잘 도와주셔서 '다음에 장례식이 있다면 또 이분을 모시고 싶다'라고 생각했을 정도였다. 장례지도사님은 모든 것을 우리 뜻대로 따라주시면서 딱 한 가지를 강력하게 주장하셨는데, 바로 관에 꽃을 풍성하게 넣자는 것이었다. 나는 "력사는 꽃을 별로 좋아하지 않았는데…"라며 말끝을 흐렸지만, 장례지도사님은 그런 나를 계속 설득하셨다. 그래야 가는 길에 마음이 좋다고. 그렇게 꽃을 가득 넣은 관이 완성되었는데, 이것이 정말로 입관식 때 많은 사람에게 좋은 기억으로 남았다.

많은 사람이 찾아와 도란도란 이야기 나누며 울고 웃는 자리. 너무나 이상적인 장례식이었다. 나는 상주는 아니었지만 꼭 상주처럼 찾아오는 손님들을 맞이하고, 대접할 음식을 주문했다. 장례지도사와 상의하고, 꽃이 들어오는 것도 확인했다. 하지만 그렇게 정신없이 움직이고 말하고 인사하고 고맙다며 웃는 나를 보고 친구들은 격정했었다 한다. 장례식에서 력사 어머니는 가족을 떠나보낸 사람답게 하염없이 슬퍼하시는데, 나는 소처럼 일만 하고 있었다며. 죽은 이를 떠나보내는 장례식에서 정작 나는 그 떠나보냄에 전혀 참여하지 못하고 있었던 것이다. 슬픔을 미뤄둔 듯한, 아니 아예 슬픔을 내비칠 마음의 여유조차 없어 보이는 내 모습이 안쓰러웠다고 했다.

당연히 나라고 왜 안 슬펐을까. 다만 찾아오는 손님들을 잘 대하고 장례식을 잘 치러내야 한다는 책임감이 앞섰을 뿐이다. 장례를 치르는 삼 일 동안 눈물이 났던 상황은 두어 번 정도로 기억한다. 한 번은 나보다 훨씬 전에 사별한 성소수자 동료의 편지를 받았을 때였다. 비슷한 경험을 한 이의 위로와 걱정이 다른 무엇보다 공감되고 위안을 주어서 눈물이 났다.

어떻게든 겨우겨우 버티고 서 있던 내가 무너진 순간은 입관식이었다. 력사 얼굴을 찬찬히 들여다보고, 쓸어보고, 손도 잡아보았다. 그렇게 평온히 누워 있는 그 사람을 계속 바라보는데 실감이 났다. 력사가 죽었다. 정말로 죽어버렸다. 력사의 얼굴을 보는 것은 지금이 마지막이다. 그러자 주체할 수 없는 통곡이 터져 나왔다.

이제 나는 정말로 너를 떠나보내야 하는구나.

2021년 6월 14일,
력사의 장례식을 찾아주신 분들께

안녕하세요. 캔디입니다.

제 파트너 차력사의 장례식에 함께해주신 모든 분께 감사 인사를 드립니다.

제 파트너가 투병 생활을 했던 지난 이 년은, 저에게도 많은 것을 깨닫게 해준 시간이었습니다. 법적 지위가 있고 없음에 따라 큰 차이가 난다는 것은 알고 있었지만, 제가 병의 상황과 방향을 논의하는 과정, 보호자로서 호스피스에 들어갈 수 있는 권리, 장례식에서의 자리까지 세세한 것 하나하나를 누군가의 배려와 동의에 기댈 수밖에 없는 취약한 위치에 있음을 새삼스레 알게 되었습니다.

다행히도 주변 친구들의 노력과 혈연 가족의 배려로 임종 순간까지 함께할 수 있었습니다. 이걸 다행이라고 말할 수밖에 없는 현실이 참담하고 서럽기도 했지만, 장례의 과정과 방향, 결정을 함께하며 상복을 입고 조문객을 맞이할 수 있었기에 그 시간을 잘 보낼 수 있었습니다.

오랜 친구들은 차력사의 투병 기간부터, 임종까지

많은 부분을 함께해주었습니다. 요양병원에서 돌아와 호스피스에 들어가기 전까지 기꺼이 집을 내주고, 친구들과 마지막 시간을 함께 보낼 수 있도록 해주었고, 력사의 어머님께 손편지를 써 제가 장례에 함께할 수 있도록 마음을 다해 이야기를 전했습니다. 수목장을 위해 장소를 함께 찾아주었고, 장례 기간 중에도 다들 시간을 쪼개고 나누어 조의금을 받는 것부터 운구까지 모든 순간을 함께해주었습니다.

제 친동생과 그의 파트너, 조카도 빠르게 달려와주었습니다. 한 명이라도 혈연이 방문해주었다는 것이 저에게는 아주 큰 위로와 위안이 되었습니다. 차력사와 만나고 얼마 지나지 않은 순간부터, 파트너를 우리 가족으로 받아들이고, 투병 기간에도 최선을 다해 심적·물적으로 지원해주었으며, 호스피스에 들어가기 직전에 조카와 함께 찾아와 "고모에게 인사해" 말하며, 동성 파트너인 우리가 큰 가족의 울타리에 들어가 있음을 계속 표현해주고 저의 가장 든든한 지지자가 되어준 동생 부부에게도 감사합니다.

파트너와 저의 공통 지인들 또한 한달음에 달려와 차력사의 마지막 가는 길을 배웅하고, 추억을 공유해주었습니다. 연락이 닿지 않았던 오랜 시간 동안 파트너와 저를 기억해주고, 함께 눈물 흘리며 저를 위로해주었던 지인들 덕분에 힘든 시간의 일부를 따뜻한 추억으로 채워갈 수 있었습니다.

그리고 저의 파트너를 만나보지 못했지만, 경사에는 함께하지 못해도 조사에는 꼭 함께해야 한다며 달려와 조문해주신 커뮤니티의 모든 분께 감사드립니다. 사실 요즈음은 성소수자활동가뿐 아니라 모든 활동가가 정신없이 바쁜 시기임을 누구보다 잘 알고 있습니다. 차별금지법 제정을 위한 국민 청원을 향해 모두가 긴박하게 달리고 있고, 서울퀴어문화축제가 코앞으로 다가와 다들 준비에 여념이 없는 시간들입니다. 바쁜 와중에도 달려와 저를 위로해주셨던 모든 분께 감사드립니다. 정말 큰 힘이 되었습니다.

제 파트너 차력사는 저와 2009년부터 함께해온 사람입니다. 언니네트워크 활동가였고, 친구들을 좋아하고, 자전거, 축구를 즐겼으며, 최근엔 목공, 오리엔티어링, 캠핑을 즐겨 하던 사람이기도 합니다. 의지가 강한 사람이었던지라, 발병 후에도 삶의 의지를 불태우며 끝까지 최선을 다해 노력했습니다.

자연을 사랑했던 파트너를 고려하여, 장례는 양평의 공원묘원에 수목장으로 진행하였습니다. 양평의 풍광 좋은 곳에서 편히 쉬었으면 하는 마음입니다.

사랑하는 이를 떠나보낸 많은 사람이 그러듯이, 저

도 앞으로 허망하고 아픈 시간을 보낼 것이라 생각합니다. 하지만 전해 받은 수많은 마음이 있어, 그 시간을 조금은 덜 아프게 보낼 수 있지 않을까 생각해봅니다.

삶은 어떻게든 살아진다고 하죠. 마음을 다해 그리워하고 싶은 만큼 그리워하고, 미워하고 싶은 만큼 미워하고, 마음이 기억하는 만큼 기억하며 아픈 마음도, 즐거운 마음도 외면하지 않고 지내겠습니다.

조금만 더 마음을 추스르고, 다시 생활로 들어가 삶의 곳곳에서 또 만나 뵙겠습니다.

다시 한번 진심으로 감사의 말씀 전합니다. 정말, 감사합니다.

****

더 많이 잊기 전에
더 많이 기억하고 싶다

애도 일기: 2021년 6월 19일,
일주일이 지났다

일주일이 지났다.
일주일 중에 하루만 집에서 자고, 나머지 시간은
거의 친구들과 함께 보냈다.
잘 먹고 잘 자고, 푹 쉬는 시간이었다.
일주일밖에 안 지났는데, 무슨 두세 달은 지난 것만
같은 이 기분이 뭔지는 여전히 모르겠다.
오늘은 일주일 만에 공원묘지를 찾았는데,
인사도 잘 안 나오더라. 거기 한 줌의 재가 된 것이
네가 맞는지 도무지 알 수가 없다.
핸드폰을 열 때마다 네 사진뿐이다.
다른 사진을 찾으려고 사진첩을 열었는데,
네 사진과 너한테 온 화환을 찍어둔 사진들이
제일 먼저 보였다.
엊그제는 친구가 성화를 부리고 선생님도
배려해주셔서 비는 시간에 후다닥 가서 상담을
받았다. 엉엉 울고 설명하고 화내고 뭐 그런 거 하고
왔는데, 그 순간에 터지던 마음은 딱 그 순간뿐인가
싶기도 하다.

오늘도 어머님은 가슴이 꽉 막힌 것 같다며
또 한참을 우셨고, 난 어머님을 토닥여드렸다.
그리고 하루를 잘 보내고 돌아와 이 글을 쓴다.
친구들과 네 이야기를 많이 하고, 네 흉도 많이 본다.
그런데 생각해보니, 네가 보고 싶다는 말을 하지는
않았던 것 같다.
제주도 가기 전에도 우린 대부분 롱디였고,
오히려 아프고 난 후에 함께 지낸 시간이 더 많았다.
사실 난 너의 부재가 낯설지 않다.
너랑 통화 못 하는 시간도 낯설지 않다.
(제주도에 엄마랑 같이 있을 때는 늘 통화가 쉽지 않았지.)
네가 없다는 걸 분명히 아는데, 그 부재가 이전의
부재와 다르지 않은 것만 같다.
십 년이 넘는 시간 동안 나는 항상 네가 보고 싶었고,
지금도 사실은 네가 보고 싶나 보다.
그 마음이 다르지 않아서, 생각보다 덜 서글픈 건가
싶기도 하다.
　　　　사라진 내 마음을 찾고 도닥여주어야 할 것만
　　　　　　같은데, 내 마음이 어디 숨어 있는 건지,
사라진 건지, 아니면 그냥 이런 건지도 잘 모르겠다.
먼저 간 사람을 원망해서 뭐 하나 싶기도 하고,
네가 더 이상 아프거나, 힘들거나, 절망스럽거나,

고민하거나 하지는 않을 테니 다행이 아닌가
싶기도 하고.
뭔가 내가 먼저 갔으면 너는 나보다 더 힘들었을 것
같다. 나는 주변에서 챙겨주는 사람도 너보다 더
많을 테니까(그럴 거야-_-). 그래서 그건 또 다행이다
싶기도 하고.

울고 발버둥 쳐봤자 아무 소용도 없고, 또 한 번

그래봐야 뭐 하나 싶고, 소리소리 지르고 화를

내기엔 아직도 정리해야 할 일들이 끝나지 않았고,

화를 가지고 정리하고 싶지도 않다.

다음 주엔 너네 집 정리하러 간다.

우리 집은 부동산에 내놓아야 한다.

회사 사람들도 만나야 한다.

내일은 병원에서 바리바리 챙겨 온 짐도

정리해야 한다.

망할 온갖 약 따위는 발로 다 걷어차버릴 테다.

할 일이 계속 있어 다행이다.

…생각해보니 참 밉다, 여러모로.

이사를 결심하다

나는 스케줄러를 쓰는데, 력사가 요양병원에서 퇴원한 이후 장례식을 치르기까지는 그다지 기록이 없다. 사실 그 사이에 내 일정들은 대부분 어그러졌다. 나는 회의 대부분을 불참했고, 강의와 개인적인 약속을 미루거나 취소했던 것 같다.

장례식 이후 기억하는 것은 토요일에 발인한 이후, 계속 친구 집에 머물렀다는 사실이다. 분명 일요일에는 돌아가야지 했는데, 집에 갔다가 결국 밤에 다시 돌아왔다. 하지만 사람들의 걱정이 무색하게도, 나는 잘 지내고 있었다. 내가 잘 지낸다는 사실이 너무 괴이해서 '나 정말 괜찮은 거 맞아?' 스스로 계속 생각하긴 했지만.

어느 토요일에는 목욕 다녀오다가 갑자기 울음이 터졌다. 나는 력사와 통화를 많이 하는 편이었다. 워낙 장거리 연애를 오래 하기도 했고, 요양병원에 있는 동안에도 계속 떨어져 지내야 했으니까 가능한 시간에는 최대한 전화를 걸어 자잘하고 소소한 이야기까지 시시콜콜 늘어놓았다. 그날도 목욕하고 나와서 개운한 마음으로 나도 모르게 휴대전화를 꺼내 들었다. 그리고 깨달았다.

'아, 이제 나 전화할 사람 없지.'

그래서 길에 지나다니는 사람이 있든 없든, 내가 어떻게 보일지도 신경 쓰지 않고 '아 몰라! 배 째!'라는 심정으로 펑펑 울었다.

정말 사소한 데서 체감하게 되는 것이 상실임을 뼈저리게 느낀 순간이었다. 아마 나는 오랜 시간을 두고 서서히 력사와 헤어지게 될 것이다. 이전에 겪었던 것과는 또 다른 상실감이 내 삶을 지배하게 될 것이다.

그래도 아직은 해야 할 일들이 남아 있었다. 그만큼 나를 외면할 여력도 있는 것이라 방싯방싯 웃으며 다녔다. 한번은 친구 차에 있던 짐을 옮겨 왔는데, 깨끗하게 빨아놓은 력사의 속옷과 성인용 기저귀가 눈에 들어와 울음이 터졌다. 내가 기저귀를 내밀었을 때 력사가 절망하던 표정이 기억나서. 그런데 넌 그토록 어렵게 받아들인 기저귀를 채 한 포도 다 쓰지 못하고 가버렸구나. 안 죽을 거라고 했잖아. 다 나을 거니까 재수 없는 소리 하지 말라고 했잖아.

아니라더니

아니라더니

아니라더니

그렇게 처절한 목소리로 아니라더니.

나에게 시도 때도 없이 흩어지려는 넋을 붙잡을 새가 있든 없든 삶은 이어졌다. 장례식을 치르자마자 이사를 준비했다. 사실 이사를 결심한 것은 력사의 임종이 임박했던 5월 말이나 6월 초의 일이다. 계약기간이 남아 있었지만, 력사의 간병을 위해 이사한 그 집에서는 더 이상 살고 싶지 않았다. 그 집은 우리에게 특별한 공간이었다. 간병을 위해서였지만 우리가 처음으로 함께 이사하고, 함께 살며 미래를 생각했던 집. 그 집으로 친구들이 력사를 보러 찾아오곤 했다.

하지만 력사의 상태가 악화되어갈 때쯤, 집 천장에서부터 곰팡이가 새까맣게 내려오기 시작했다. 약을 뿌리고 청소를 해도 사라지지 않는 곰팡이는 스트레스의 원인이 되었다. 나중에서야 옥상에 문제가 있었다는 것을 알게 되었다. 옥상 하수관이 막히며 물이 찼고, 그 물이 건물에 스며들며 곰팡이가 피기 시작했던 것이다. 그나마 곰팡이가 본격적으로 발견된 것은 력사가 요양병원에 들어간 이후라는 점이 다행이라면 다행이었다. 하지만 력사가 집과 병원을 오가며 우리 집에 머물던 시기에도 곰팡이는 자라나고 있었다는 사실에 화를 참을 수가 없었다.

집주인은 집주인대로 자신이 집을 사자마자 얼마나 지출이 큰지 하소연했다. 그는 내가 이 집에 이사 오는 것과 거의 동시에 건물을 인수했다. 그런데 인수하자마자 온갖 문제가 터져 집주인도 그 나름대로 스트레스가 최고에 달해 있었다. '사장님, 우리 집에 암 환자가 있었어요. 매일 운동을 거르지 않고 음식도 일부러 유기농만 골라 먹였는데 갈수록 병세가 나빠졌어요. 그런데 우리가 그렇게 안간힘을 다하던 그때 이 집의 보이지 않는 곳에서는 우리도 모르게 곰팡이가 자라나고 있었다는 거잖아요. 그 곰팡이가 환자의 건강에 안 좋은 영향을 미쳤을지도 모른다고요' 라고 악을 쓰고 싶은 마음을 꾹 눌러 참았다.

집주인과 싸우고 또 싸운 끝에 마침내 이사하게 되었다. 이사할 집을 보는 순간 생각했다. '력사는 이 집에 와볼 수가 없구나.'

이사를 결심했을 때도 력사에게는 말도 못 했다. 삶과 죽음의 기로에서 매일 사투를 벌이고 있는 력사에게 '나 집을 알아보고 있어. 이사할 거야. 네가 떠나면 새로운 미래를 준비할 거야'라는 말을 어떻게 하나. 모두 기만이고 배신인 것 같았다. 그래서 아무 말을 못 했다. 그저 오늘도 어제와 같은 척, 내일도 오늘 같을 것처럼 한결같은 모습을 보이려 애써야만 했다. 그런데 그것은 기만이고 배신이 아닌가? 결국 어찌할 바를 모르고 혼자 속만 끓였다.

장례를 치르자마자 력사와 함께 지내던 집을 정리하고 이사를 했다. 긴 기간은 아니었지만, 함께 지냈던 공간을 나와 다른 공간으로 이사하자니 마치 력사와의 추억을 버리는 기분이 들었다. 결국 어떤 식으로든 내가 이 괴로움을 피할 수 있는 방법은 없었다.

새 집은 내 짐과 제주도에서 바리바리 짊어지고 온 력사의 짐으로 가득 찼다. 천천히 그 짐을 정리하며 력사를 애도하고 내 마음도 돌아보자 생각했건만 현실은 하루하루 주어지는 일을 쳐내기에 바쁘기만 했다. 력사의 옷과 책을 친구들에게 나눠주고 어찌어찌 집을 정리했을 때는 어느새 두어 달이 지나가 있었다. 그제서야 애도의 시간이 시작되었다.

애도 일기: 2021년 8월 23일, 난 네가 보고 싶고 그립나 보다

문득 력사가 친구들과 충분히 이야기 나눌 수 있었던
오 일이 정말 소중한 시간이었구나 싶다.
그 시간을 만들어내기 위해 분투했던 친구들에게
자주 고마운 마음이 든다.
하지만 력사의 마지막에 나에게 가장 크게 남은
장면은 그런 따뜻한 순간들이 아니라 력사가 자신이
정말로 죽는다는 걸 깨달은 그 순간이었다. 이미
말도 잘 못하고 몸도 못 가누게 되었을 때였는데,
계속 옆에서 편안해지라고 하는 말을 듣다가 일순간
"아니야!"라며 소리치던, 아니 울부짖던 그 모습이
그렇게도 계속 떠오른다.
너무나 살고 싶었고 그래서 누구보다 열심히
투병했던 이였기에 자신의 죽음을 받아들이기가
힘들었다. 호스피스에 가는 것도 받아들이지 못했고,
유언장도 결국 못 썼고, 자신이 몸을 못 가누게
되었다는 사실을 받아들이기 힘들어했다.
기저귀를 쓴 시간도 일주일이 채 안 될 거고,
소변줄도 정말 사망하기 직전에서야 꽂을 수 있었다.

자신의 몸을 컨트롤하지 못하는 것에 대해 력사는
얼마나 절망했을까.

그때만큼 내가 힘이 더 세지 못한 것이 원망스러웠던
때도 없었다. 내가 힘이 좋았으면 매번 번쩍번쩍
력사를 안아 들어 화장실에 데려다줬을 텐데.
내 차에는 결국 쓰지 못한 침대용 변기가
꽤 오래 실려 있었다.

친구들은 력사를 좋은 모습으로 기억해주길 바란다.
살이 빠지고, 예민해지고, 몸을 못 가누고, 계속 자고
있는 모습이 아니라 누구보다 활기차고,
남을 배려하는 모습, 내가 사랑하던 귀엽고 아리따운
그 모습을 기억하길 바란다.

정작 난 우리가 함께했던 십수 년이 아니라,
마지막 열흘만 계속 생각나니까.
자기 몸을 가누지 못하는 데 절망하던 표정이 잊히지
않는다. 마지막까지 불편과 수치가 력사를
지배했을 거라는 생각이 떠나지 않는다.
력사 어머니는 간호사님들에게 "고통스럽지만 않게
해달라"라고 거듭 말씀하셨고, 나는 력사 마음의
고통을 사라지게 할 수 없음이 괴로웠다.
력사는 갔고, 결국 고통 없는 몸과 마음의 평온을
얻었다. 내가 가장 원했던 것이기도 하다.

그런데 왜 내 몸과 마음의 평온은 아직도
돌아오지 않는 것인가.
놀러 다녔을 때 영상도 많이 찍어둘걸.
맨날 엄한 최근 사진만 보여서 더 서러운 거다.

아. 이게 보고 싶고 그리운 거구나.
난 네가 계속 보고 싶고 그립나 보다.

네가 없는 너의 생일

12월 4일은 력사의 생일이다. 원래 세상을 떠나고 나서 처음 맞는 생일에는 제사를 지내는 것이라고 하여 혼자 이것저것 준비했다. '너 좋아하는 거 다 먹어라' 하며 핫도그를 사고, 과일을 쟁였다. 딱 한 번밖에 없는 생일 제사니까 력사가 좋아하던 친구들도 몇 명 불렀다.

력사 생일을 하루 앞둔 날, 출근하는데 라디오에서 거미의 〈그대 돌아오면〉이 흘러나와 주책 맞게 엉엉 울었다. 그리고 생각했다. 난 참 징그럽게도 너를 아꼈나 보다.

력사는 다듬어지지 않은 애인이었고, 따뜻한 표현도 할 줄 몰랐고, 로맨틱하고는 거리가 먼 사람이었다. 우리는 생일 선물도 실용적이어야 한다고 생각했다. 등산 가방, 바지, 심지어 내가 력사에게 준 마지막 생일 선물은 무려 윈도우10 정품이었다. 하지만 이번만은 실용성을 생각하지 않기로 했다. 올해 나는 너를 위해 친구들과 함께하는 즐거운 시간을 준비했다. 그러니 내 꿈에 나타나 꼭 고맙다고 말해주길.

여전히 력사 생각에 가슴이 아팠지만 나는 나에게 주어진 일을 성실히 하며 삶을 꾸려나가야 했다. 력사의 첫 생일 제사날에는 여의도에서 농성이 있었다. 무척 바빴지만, 그래도 모든 게 술술 잘 풀렸다. 아침에 수월하게 일어나 시간 맞춰 도착했고, 무려 여의도에서 좋은 자리에 주차도 했다. 기자회견도, 행진도, 농성도 재미있었다. 끝나고 우다다 정리한 뒤 집에 도착하니 제사를 준비할 시간도 넉넉했다. 전부 순조로웠다. 언제나 자신의 일을 소중하게 생각했던 력사가 나를 도와주었던 것일까?

이날 생일 제사에 초대한 친구1은 제사 경험 만렙에 친구2는 무슨 음식이든 금세 뚝딱뚝딱 만들어내는 요리사였다. 친구들 덕분에 최고로 멋들어진 생일상이 차려졌다. 력사 생전에도 이런 생일상을 차려준 적은 없었던 것 같은데. 우리는 절하고 술을 따르고 음복을 했다. '생일 축하합니다' 노래도 불렀다. 뭔가 이것저것 뒤섞인 것 같지만, 할 수 있는 건 다 했다. 이날 온 친구들은 내 연락을 받고는 열 일 제쳐두고 달려와주었다. 따뜻하고 복닥이는 생일, 력사가 제일 원했을 파티였다고 확신한다.

같이 밥을 해 먹고 앉아 쉬며 이야기를 나누는데, 친구 하나가 물었다.

“그래서, 캔디와 력사의 추억의 장소는 어디예요?”

나는 잠시 곰곰 생각에 잠겼다. 이제는 제주 집도, 구산동 집도 없고, 암 투병 기간 중 늘상 운동하러 가던 한라생태숲이나 봉산도 싫다…. 그래서 결국 생각이 닿은 곳은 양평이다. 투병 기간 양평을 무수히 오가며 맛집 리스트도 잔뜩 쌓였다. 정말로 지긋지긋하지만 그래도 마지막 시기 력사와 가장 많은 시간을 함께했던 곳이기도 하다.

생일 제사를 지내고 며칠 뒤 력사가 있는 양평을 찾았다. 혼자 가려고 했는데 결국은 그러지 못했다. 력사는 그대로였다. 여전히 키가 크고 주변에는 꽃이 만발하다. 십수 년 함께하는 동안 서로 꽃을 주고받은 적은 없는데, 지금 너는 꽃밭에 있구나. 비록 네 취향은 아니겠지만.

코를 훌쩍이는 소리를 듣고 친구가 우냐고 물었다. 아니라고 했지만 사실 나무 이파리를 만지는데 눈물이 좀 났다. “내년에 보자” 말하고 돌아섰다. 아, ‘내년’이라. 력사 없이 맞는 첫 해가 될 것이었다. 2021년까지는 그래도 력사가 곁에 있었지만, 2022년부터는 정말로 없다. 나는 네가 없는, 너는 절대 알지 못할 세상을 살아가게 될 것이다.

2021년 끝에는 낙산사에 다녀왔다. 출발하는 날 아침, 디데이 어플을 보니 력사가 떠난 지 이백 일 되는 날이었다. 벌써 6개월이 지났다. 아니 사실은 일 년도 더 지난 것 같은데 6개월밖에 안 됐다니.

낙산사에서 처음으로 력사의 극락왕생을 빌어보았다. 2021년은 정말로 어마어마한 해였는데, 그 중심은 언제나 력사였다. 2021년뿐만이 아니지, 력사와 함께한 십수 년은 정말로 다사다난했지만, 나는 그래도 력사를 만나 더 좋은 사람, 보다 나은 사람이 되었다. 내가 하고 싶은 일들에 좀 더 자신감을 가질 수 있었다. 언제나 좋은 사람이어야 한다는 콤플렉스에서 벗어날 수 있었던 것도 력사 덕이다. 덕분에 좀 더 건강한 마음으로 사십 대를 맞았다. 그러니 짜증 나고 화났던 건 과감히 잊어주겠다. 고맙다 차력사.

힘든 한 해를 지나는 동안 곁에서 함께해준 사람들에게도 고개 숙여 감사하며 복을 빌었다. 아마 력사도 하늘에서 빌었을 거다. 워낙 빚지는 걸 싫어하는 사람이었으니까, 심지어 별거 아닌 일도 빚이라 생각하며 어떻게든 갚으려 했던 성정이니 하늘에서도 분명 어떻게든 은혜를 갚으려 하지 않을까.

기도를 마치고 잠시 경내를 구경한 뒤 돌아 나오는데, 누군가가 소원지에 적어둔 말이 눈에 들어왔다.

차별금지법 제정

동성결혼 법제화

이 소원이 이루어지기를 우리 모두는 지금까지도 간절히 빌고 바라고 있다.

추신. "내가 너한테 력사 소개해준 거야!" 우겼던 누보, 력사 덕에 조금 더 가까워질 수 있었던 난새, 꼭 력사와 함께 다시 만나자고 했던 쇼코, 잘 지내? 너희 모두 잘 만났니? 거기서는 아프고 힘들고 슬프고 그런 거 없이 모두 함께 꼭 즐겁고 행복하길.

애도 일기: 2022년 1월 1일,
정말로 와버렸습니다

2022년이 와버렸습니다.

속으로 오지 않길 많이 빌었습니다.

2022년에는 력사가 정말 어디에도 없어서요.

아까는 차별금지법 송년 집회에 갔다가

성소수자차별반대무지개행동 집행위원들의 편지를

읽고 경찰차 옆에 서서 혼자 엉엉 울었습니다.

이 밤이 지나면 력사가 정말로 과거의 사람이 되는

느낌입니다.

나의 새로운 2022년 계획에는 이제 력사가 없거든요.

여행도 휴가도 력사 없이 가게 될 테고, 제주도를

그렇게 번질나게 드나들 일도 없겠지요.

이건 력사가 가고 시시콜콜한 이야기를 할 사람이

없어져서 엉엉 울었던 마음과는 또 많이

다른 것 같아요.

력사도, 력사 차도, 구산동 집도, 제주 집도 없어요.

우리의 '공간'이 없어졌어요.

2021년이 가버리며 우리의 '시간'도 함께

사라져버렸습니다.

부재하는 시공간 앞에서 이제 저는 정말 추억만
먹고살아야 하는 처지가 된 것 같아요.
력사가 마지막에 입었던 옷들, 버리지도 빨지도 말걸
그랬다 싶어요. 그땐 그런 생각도 못 했는데,
지금 생각해보니 체취도 없는 거잖아요.
그렇다고 뭐, 다 끌어안고 있었으면 나았겠냐고 하면
그건 또 아니지만.
그냥 연말연시라 맘이 싱숭생숭해서 그렇습니다.
아마 또 내일이 되면, 저는 다시 신이 나고,
즐거운 하루를 살아가겠지요.

그러니 괜찮습니다.

소리 소문 없이 사라지는 그 순간까지도 짊을 수밖에
없는 게 그리움이니까요. 그건 누구든 감당해야 하는
삶의 몫이니까요.
그래도… 그리움이 사라진 뒤에도 기억과 추억은
따뜻하고 얕게, 길게 오래가길 바랄 뿐입니다. 너무
빨리 사라지기엔 또 너무 아쉬운 사람이잖아요.

새해입니다.
저뿐만 아니라 모두의 시공간에서 사라졌을지

모르는 이 사람에게, 책장 한쪽 은근히 보이는
자리를 내어주세요. 가끔 고개 돌릴 때마다
'거기 있구나' 하고, 그렇게 가만히 생각해주시길,
차력사가 여러분에게 그렇게 따뜻하고 은근한
웃음을 전할 수 있었으면 좋겠습니다.

그리고 우린, 함께 계속 잘 살아보아요.
가능하다면 조금 더 행복하게, 조금 더 서로를
눈여겨보면서, 조금 더 스스로를 챙기면서요.
새해 복 많이 받으세요.

죽음의 의미

문득 력사의 죽음의 의미에 대해 생각해본 적이 있다. 력사의 죽음으로 얻어진 것들, 배운 것들, 성장한 것들, 무엇이든.

새삼스럽지만 력사를 간병하며 난 많이 힘들었나 보다. 그래도 해피엔딩을 볼 수만 있다면 뭐든 할 수 있다고 생각했는데, 내가 뭔가 잘하지 못해서인지 해피엔딩은 찾아오지 않았다. 사실 어느 순간부터는 해피엔딩에 대한 희망마저 내려놓았다.

그래도 신이 원망스럽진 않았다. 신뿐만 아니라 그 누구도 원망하지 않았다. 우리 곁에는 매일같이 안부를 물어주고, 시간 내 함께 여행하고 놀아주고 병원에 동행해준 친구들이 있었으니까. 력사와 내 마음이 지치지 않도록 격려해주며 마지막의 마지막까지 함께해준 친구들이 있었으니까. 자신들이 호스피스 병동에 들어올 수가 없으니 아쉬운 대로 줌으로라도 만나자며, 미동도 하지 않는 력사에게 울고 웃으며 안녕을 전하던 친구들이 있었으니까.

사실 굳이 찾자면, 원망스러운 사람은 력사였다. 솔직히 나는 력사가 안타까우면서 밉기도 했다. 끝까지 소생할 수 있다는 희망의 끈을 붙잡고 먼 바깥에서 온갖 방법을 수소문하는 가운데, 바로 우리 곁에 있었던 아름답고 소중한 순간들은 속절없이 흘러가 버렸다. 하지만 사십 대 창창한 나이에 자신의 죽음을 온전히 받아들이기란 얼마나 어려웠을까. 이것이 나의 마지막이라니, 얼마 전까지만 해도 함께 여행할 계획을 세우던 친구들이 나에게 마지막 인사를 고하고 떠나간다니, 그걸 받아들여야 한다니. 당연히 너무나 어렵고 원통한, 불가능한 일이었을 것이다. 그럼에도 나는 그 불가능한 것을 간절히 바랐다. 력사가 영화와 같이 아름다운 마지막을 맞이하기를 바라는 불가능한 희망을 품었다.

력사가 떠난 해 12월 오랜만에 동갑내기 사촌을 만났다. 나에게 력사 안부를 묻는 사촌에게 력사가 세상을 떠났다고 전했다. 사촌은 만약 알았다면 장례식에 갔을 거라며 위로를 건넸다. 나는 눈물이 나올 것 같았지만 꾹 참고, 몸 관리 잘해야 한다고, 병원에서 건강검진도 꼭 받아보라고 말했다. 그리고 다음해 설날 직전, 엄마에게 사촌이 입원했다는 소식을 들었다. 너무 놀라 전화했더니, 내 말을 듣고 건강검진을 받았더니 포궁에 혹이 있어 수술을 받게 되었다고 했

다. 다행히 심각한 병은 아니라고 했다. 속으로 생각했다. '력사야, 네가 사람 목숨을 하나 살렸다.'

또 우리 친구들은 력사를 보내며 호스피스 및 장례 전문가가 되었다. 이후 몇몇 장례식에서 좀 더 능동적이고 능숙하게 대처할 수 있었다. 력사는 우리에게 어려운 일에 대처하는 방법을 알려주고, 우리의 장례 문화까지 바꾸었다. 우리는 끊임없이 장례식을 다니면서, 장례 방식과 상주 문화 등에 대해 끊임없이 생각하고 이야기를 나눈다. 하나같이 하는 이야기는 '선례가 중요하다'는 것이었다. 앞선 경험을 통해 더 다양한 방향과 가능성을 상상할 수 있다며.

나만 해도 아무개 씨의 장례식을 겪으며 수의를 선택할 수 있다는 것을 알았다. 그리고 우리 친구들은 력사 장례식을 겪으며 장례지도사와의 소통이 얼마나 중요한지도 알았다. 력사 다음에 떠난 친구는 수의가 아니라 정장을 입었다. 친구의 위패에는 성도니 어쩌니 하는 말 대신 활동명이 쓰였다. 본명 뒤에 괄호 치고 활동명 쓰는 게 아니라, 활동명 쓰고 괄호 치고 본명. 새삼 왈칵 눈물이 났다. 이 세상에 저 이름만큼 친구를 분명하게 설명해줄 수 있는 단어는 없으니까.

사회가 변했고, 이젠 상황에 따라 다양하게 시도

해볼 수 있는 것들이 생겼다. 장례 음식을 비건식으로 준비할 수 있다. 장례식장에 망자가 생전 좋아하던 음악을 틀고 수의 대신 좋아하던 옷을 입혀줄 수도 있다. 무엇이든 그이가 생전 원하던 그것으로. 상주도, 영정사진을 드는 사람도, 관을 드는 사람도 성별이나 혈연을 따질 것이 아니라 그이를 아끼던 사람이 함께하면 되지 않겠는가? 그러니 이제 누구든 다른 무언가를 시도하는 사람들은 그것을 아낌없이 우리에게 공유해주었으면 좋겠다.

많은 사람이 력사의 이야기를 오래오래 기억해주길 바란다. 그래서 자료도 기증하고, 주변에 책을 나누고 우리 이야기를 들려준다. 이 책을 쓰기로 한 것도 그 때문이다. (력사는 좀 불편해할지도 모르지만, 이게 내가 기억하고 추모하는 방식인데 어떡해. 이제 주도권은 나에게 있다 차력사!)

하지만 나는 '력사의 삶이 죽음 후에도 가치 있기를 바란다'라고 쓰다가 생각을 바꾼다. 사실 죽음에 반드시 무슨 대단한 의미가 필요한 것은 아닐 테니까. 이제 나는 너의 죽음을 온전히 죽음으로서 받아들일 수 있게 되었다. 죽음에서 의미를 찾겠다는 건 그냥 어떻게든 위안을 얻고 싶은 남은 사람의 욕심일지 모른다는 사실을 받아들이게 되었다. 굳이 찾아내지 않아도 력사 너의 삶은 충분히 의미 있었다. 적어도 너는 내 옆에 있어줌으로써 내 삶에 의미를 더해주었다. 그러니까 참 고맙다고 토닥여주고 싶다. 무엇보다 네가 더 이상 아프지 않아서, 괴롭지 않아서, 평온을 찾게 되어 다행이다.

그거면 되었다.

애도 일기: 2022년 2월 8일,
시간은 빠르게 흐른다

력사가 떠난지 245일이 지났다.
1년이 365일인 것을 생각하면 정말 많은 시간이
지났구나 싶다. 시간이 정말 빨리 간다.
지난 설에는 력사 어머님께 전화를 드렸다.
설 선물이라도 보내드리려고 했는데,
한사코 안 받으시겠다며 절대 아무것도 보내지
말라고 하셔서 안 보냈다.
신경 쓰이고 걱정도 되어 가끔 전화드리는데,
할 때마다 많은 생각을 하게 된다. 만약 우리가
법으로 얽힌 관계였다면 연락드리는 데 이렇게까지
생각이 많았을까? 뭐, 그랬다면 분명 다른 종류의
고민이 생겼겠지만.
오늘은 동네 친구랑 력사 이야기를 하다가,
력사가 은평구에 자리 잡고 함께 살지 못한 게
너무나 안타깝다고 생각했다.
누구보다 동네에 잘 자리 잡고 두각을 나타내며,
동네 모든 이에게 사랑받았을 사람인데. 꼭 그런 게
아니어도 력사가 은평구에 있었다면 우리는 정말

많은 일을 함께할 수 있었을 거다.

력사가 없는 삶에 익숙해지는 만큼, 삶의 구석구석에
력사의 자리를 마련해두는 것에도 익숙해진다.
어느새 집 안 여기저기에 력사 사진이 놓여 있다.
양평에서 가지고 온 력사나뭇잎은 거실 눈에 잘 띄는
곳에 두었다.
　　　　서재에 들어서면, 력사가 요양병원에서 찍은
　　　　　　　　사진 액자들이 보인다.
　　　　우리 집에는 함께했을 때보다 력사의 흔적이
　　　　　　　　　　더 많이 남아 있다.
이 흔적이 사라지면 나도 력사를 잊게 될까 싶기도
하지만, 제대로 지우려면 큰 가구들부터 바꿔야 해서
불가능할 것도 같고. (난 현실적인 사람이니까.)
기억을, 추억을 갖고 사는 것이 슬프거나 서러운
일은 아니어서 다행이다 싶다.
우리의 좋았던 때를 오래오래 기억하고 추억하겠다.

력사 같은 사람을 또 만날 수 있을까?

친구가 물었다. "넌 언제 력사 생각이 나?" 나는 "머리 감을 때"라고 대답했다. 력사가 아프고 나서 쓰기 시작한 샴푸가 있다. 력사만 그걸 쓰고 나는 다른 걸 썼었다. 력사가 가고 남은 물건들 중 어떤 것들은 정리하고 어떤 것들은 남겨놓았는데, 정말 어쩌다 보니 그 샴푸가 나에게 왔다. 좋은 물건이라 버리기엔 아깝고, 쓰던 물건을 남한테 줄 수도 없어 그냥 뒀다가 내가 쓰기로 했다.

이후 쓰던 샴푸가 다 떨어진 뒤부터 력사의 샴푸를 쓰기 시작했는데, 머리를 감을 때마다 력사 생각이 났다. '력사가 머리를 감고 나오면 촉촉이 젖은 머리카락에서 이 향기가 났었는데' 하고. 더군다나 나는 향수를 자주 쓰는 사람이 아니었기에 더욱 신기했다. 향기가 특정 순간을 생생히 떠오르게 한다는 것이.

사실 이외에도 력사가 생각나는 순간은 많다.

2022년 3월 친구들과 아직 다 녹지 않은 설산을 걸었다. 앞에서 손잡고 걸어가는 친구 커플을 보며, 이렇게 손 시린 날 력사가 옆에 없다는 것이 아쉬워졌다. 그러다 문득 력사였으면 "야, 길이 이렇게 미끄러운데 손 잡으면 진짜로 넘어져! 손 시리면 장갑 껴!"라고 했겠다 싶어 피식 웃었다.

아- 내가 력사 같은 사람을 또 만날 수 있을까?

사실 전에 만난 사람들과 헤어졌을 때도 같은 생각을 하긴 했다. 이십 대에 오래 사귀었던 대학 선배는 이제까지 만난 사람 중 제일 내 자존감을 높여주었다. 항상 "캔디 말이 맞고" "캔디는 똑똑하니까"라는 말을 입에 달고 살던 사람, 내 성질머리를 다 받아주던 사람. 그 사람과 헤어졌을 때 주변 사람들이 다 그랬다. 너 어디 가서 그런 사람 다시는 못 만난다고.

그 다음다음에 만났던 애인은 참 똑똑하고 매력적이었다. 말도 너무 잘 통해서 둘이서 밤새 수다를 떨 수 있었다. 그 사람과 헤어지곤 생각했다. 이렇게 말이 잘 통하는 사람은 다시 못 만날 것 같다고.

그리고 력사를 만났다. 력사만큼 나에게 안정감을 주는 사람은 없었다. 나는 력사를 만나고 모든 게 괜찮아졌다고 느꼈다.

그런 력사가 사라지고서도, 내 삶이 무너졌다고 생

각한 적은 없었다. 그런데 그날 산에서 보니 꼭 내 걸음을 받쳐주던 지팡이가 사라진 것과 진배없다 싶었다. 그다지 힘들지도 않은데 다리는 자꾸 후들거리고, 종종 넘어질 듯 비틀거린다. 그래서 간만에 력사에게 화가 났다. '거봐, 네가 없으니까 모든 게 이 모양이잖아.' 하지만 력사는 력사답게 답하겠지. '네 몸은 네가 스스로 챙겨야지.' 그러면서도 이따금 물어볼 것이다. '너 그때 다리 후들거린다는 건 괜찮아?'

내 한 몸도 제대로 챙기지 못하는 나를 사람답게 살 수 있게 챙겨준 사람인데. 내가 력사같은 사람을 어디서 다시 만날 수 있을까. 력사 같은 사람은 어디에도 없다.

친구들은 앞서거니 뒤서거니 하며 걷다가 금방이라도 넘어질 것 같은 나를 잡아주고 또 잡아주었다. 그날 설산에서도, 오늘까지도.

애도 일기: 2022년 4월 24일,
력사의 역사

어젯밤에 친구랑 통화하던 중 중고책 판매 이야기가
나왔다. 새벽 두 시에 책장을 정리했다.
너무 오래되어 팔 수 없는 책들은 빼고,
꾸역꾸역 59권을 골라냈다. 많이 정리해서 공간을
확보하겠다 다짐하면서 열심히 훑었지만,
결국 골라낸 건 59권이 전부였다.
59권을 질질 끌어가며 차에 싣고 중고 서점에 갔다.
서점에서는 곰팡이 핀 책, 증정본, 밑줄 친 책,
물에 젖었던 책 등등을 빼고 41권을 구매해줬고,
63,400원이 손에 들어왔다. 나머지 책들은 다시
신중을 기해 딱 세 권만 남기고 버리고 들어왔다.
생각해보니 내 책장에 있는 거의 모든 책은 서울에
올라와서 산 거다. 그전에는 주로 대학 도서관에서
빌려 보았고, 더 전에는… 엄마가 사줬나, 친구에게
빌렸나? 잘 기억도 안 나네. 여하튼 책장에는
지난 십수 년의 관심사와 역사가 들어 있었다.
물론 력사의 지난 수십 년 역사도 있었다.
그 역사, 내가 오늘 많이 버렸다.

사실 책장을 정리하면서 력사의 책을 많이
처분했다는 게 맘에 걸렸다. 나는 널 사랑하고 너의
관심사와 취향을 좋아했지만, 내 취향이나 관심사가
아닌 것도 많았다는 걸 새삼 깨닫게 된다. 아니,
그보다는 력사가 관심을 가졌던 만큼 깊게 관심을
갖게 되지는 않았다는 말이 더 정확하겠다.
력사의 역사를 끌어안고 서울까지 올라왔지만,
저 역사를 온전히 나의 것으로 삼는 일까진 어려웠나
보다. 그간 사람들과 력사의 책을 나누고 또
나누었으니 이제는 버려야 할 시점이 온 거겠지.

책을 팔고 버렸을 뿐 력사를 버린 것이 아님을
당연히 알지만 꼭 못할 짓을 한 것만 같은 찝찝함이
사라지지 않는다.

력사 1주기

력사의 1주기는 생각보다 너무나 일찍 돌아왔다. 6월에 력사를 떠나보낸 이후 9월에 추석 제사를 지내고, 12월에 생일을 챙기고, 설날에 력사를 찾고 나니 어느새 봄이었다. 벌써 일 년이라니, 어느새 일 년이나 지났다니. 하지만 내게는 아직 일 년밖에 안 된 일이기도 했다.

일 년 동안 나는 지난 십수 년보다 더 많은 시간을 력사 생각에 사로잡혀 있었다. 친구들에게 붙어 력사가 쉬고 있는 곳을 찾고, 밤에 누워서 혼자 말을 거는 것도 모자라 편지를 쓰고, 그리움이 가득 담긴 글을 써댔다. 사랑이 무엇인가 생각했고, 동성 파트너십에 대해서도 다시 고민하게 되었다. 휴대폰 앨범과 SNS가 알려주는 '1년 전 오늘'에 속절없이 무너져야 했던 순간들이 있었다. 스스로에게 질문했다.

그때부터 오늘에 이르기까지,
내가 원하고 원했던 것은 무엇일까?

일 년 동안 곁을 떠난 이들이 있다. 그들이 세상을

떠난 것에 너무나 속상해하고 서글퍼하면서도, 나는 뜻밖의 것을 보고 있었다. 사랑하는 이를 떠나보낸 사람들이 그를 어떻게 추모하는지.

어떤 이는 온라인으로 추억을 나누는 시간을 가졌다. 어떤 이는 유고집을 냈다. 또 다른 이는 온라인에 추억과 사진을 공유할 수 있는 공간을 열었다. 사람마다 경험도, 상황도, 하고픈 것도 모두 다른데도, 자꾸만 사람들이 력사를 기억하도록 독려하지 못하는 스스로를 자책하게 되었다. 그래서 1주기가 되어갈 때쯤엔 뭔가 행사를 만들어보자고 필사적으로 머리를 굴렸다.

'력사는 물건을 많이 남겼으니 전시회를 할까? 아니면 버스를 대절해서 많은 사람과 함께 력사를 보러 갈까? 온라인 제사를 지낼까? 오히려 완벽한 정석으로 제사를 지내보면 어떨까?'

하지만 아무것도 결정할 수 없었다. 우선 전시회는 력사가 자기 물건을 전시해도 된다고 허락해줄지 확신할 수 없었다. 또 버스를 대절하기엔 우리 친구들이 그 정도로 많지 않았다. 결국 제사를 지내는 게 제일 만만한 일이었는데, 어디서 어떻게 지내느냐부터가 문제였다. 지난 12월 생일 제사를 지냈을 때 확인했다. 우리집은 제사를 지내기에는 좁다는 것을. 상다리가 부러지게 차려놓고 싶어도 그 음식들을 다 올릴 만한 큰 상이 없었고, 사람들이 편하게 둘러앉을 자리도 없었다.

이번에도 친구들이 나를 도와주었다. 친구 A가 선뜻 자기 집을 내어주었다. 친구 B는 나 혼자 음식을 한꺼번에 준비하며 고생하지 말고 각자 한 가지씩 준비해 포트럭을 하자고 제안했다. 그래도 력사와 나를 만나러 와주는 친구들이 고마워서, 어떤 것은 사고 어떤 것은 만들며 음식을 이것저것 바리바리 준비했다. 고마운 사람들에게 내가 할 수 있는 최고의 대접을 하고 싶었다.

력사의 1주기 당일, 열댓 명이서 A의 집에 모였다. 커다란 상에 각자 준비해 온 음식을 차려놓고, 창문에 력사의 사진을 붙였다. 명목상으로는 제사를 위해 모였지만, 이번에는 그냥 친구들끼리 둘러앉아 도란도란 이야기나 나누며 시간을 보낼 생각이었다. 그런데 갑자기 친구 C가 자기가 사회를 보겠다고 나섰다. 그러더니 내가 페미니스트 저널《일다》에 기고한 글 「예상치 못했던 파트너 돌봄이 나에게 왔다」를 각자 한 문단씩 돌아가며 읽자고 했다. 력사를 보내고 그동안의 시간을 돌아보며 써 내려간 글이었다.

난 친구가 왜 저러나 싶었다. 내가 지금 다시 읽어도 좀 아프고 힘든 글인데, 그 글을 다시 읽자니. 다른 사람들도 주저하는 눈치였다. 하지만 C는 그래도 읽어야 한다고 강하게 주장했다. 결국 우리는 돌아가며 내 글을 읽기 시작했다.

— 이 년을 꽉 채워 투병하고, 파트너가 세상을 떠났다. 사십 대 초반이었던 동성 파트너의 투병 생활을 함께하며, 알고 싶지 않았던 것들이, 깨닫고 싶지 않았던 것들이 나에게 차곡차곡 쌓였다.

— 대형 병원에서는… (우리) 둘의 관계를 물었고, 가족을 데려오라고 했으며, 가족과 함께 이야기하고 싶어 했다. 등본을 떼 가는 것도 아닌데, 친구라고 말한 내 입을 정말 꿰매버리고 싶은 순간이었다. 그냥 가족이라고 해도 된다.

— '보호자'라는 타이틀을 나의 것으로 가져가야 한다는 커다란 의지와 확신을 가졌다. 그 결심이 이후 이 년 동안 많은 것들에 영향을 미쳤다… 나는, 존재와 몸짓으로 내가 보호자임을 끊임없이 알렸다.

— 환자의 상태는 급격히 나빠져갔고, 본인이 기대했던 것보다 훨씬 더 빨리 호스피스 병동에 입원하게 되었다. 그리고 그 순간이, 내가 이이의 '진짜 보호자'가 될 수 없음이 드러나는 순간이었다.

— 지옥 같은 순간이었다. 이번엔 정말 마지막일 것만 같은데, 전화로 사망 소식을 듣게 될까 봐 불안하고 초조하고 두려웠다. 그때가 내가 이 사람의 법적 파트너가 아닌 것이 제일 서러웠던 순간이었다.

— 동성 파트너 관계에서 돌봄은, 특히 사망이 동반되는 돌봄 경험은, 나의 위치를 절절하게 깨닫게 되는 순간이었다. 선의에 기대야 하는 모든 순간이, 그럼에도 불구하고 숨겨야 하는 모든 추억이, 어떻게 해서라도 함께해야 하는 순간들이 내가 동성 파트너임을, 숨겨진 사람임을 실감하게 했다. '그럼에도' 해야 하고, 하고 싶고, 할 수 있는 것들이 있었다.

우리는 글을 읽으며 훌쩍훌쩍 울었다. 그런데 신기하게도 그렇게 글을 돌려 읽으며 울고 나니까, 우리 모두는 이제 무슨 말이든 할 수 있을 것만 같은 기분이 들었다. 각자 자신이 기억하는 력사를 허심탄회하게 이야기했다. 그렇게 포문을 연 대화는 요즘 각자 어떻게 지내는지, 그동안 어떤 어려움이 있었는지로 이어졌다. 도저히 나올 것 같지 않았던 이야기들까지 한참을 나누고 나서야 우리는 헤어져 각자 집으로 향했다.

력사가 떠난 뒤 '다시 연애해야지, 새 사람을 만나야지' 이야기하며 부러 깔깔거리곤 했다. 머리로는 그래야 하고 그게 필요할 거라고 생각했지만, 사실 진심으로 원하지는 않았다. 막연히 일 년 정도 지나면 나도 지난 시간을 충분히 돌아보고 정리할 수 있을 것이라고 생각했는데 그렇게 되지 않았다. 일 년이 지난 뒤에도 여전히 나를 둘러싼 모든 것은 혼돈이었다. 앞으로 어떤 사람으로, 어떤 정체성으로, 어떤 마음으로 살아가야 할지도 알 수 없었다. 그럼에도 그때의 나에게 일 년이라는 시간이 무엇이었느냐 묻는다면, '그럼에도 살아보니 살아지고 앞으로도 어떻게든 잘 살긴 하겠다'는 것을 깨닫게 된 시간이라 하겠다. 아쉬움을 마무리하는 시간들이었다고 하겠다. 십수 년이라는 시간 동안 나는 력사에게 최선을 다해 내 마음을 주었다. 아쉬움과 괴로움, 후회도 있었지만, 끝까지 력사를 돌보고 그 곁을 지킬 수 있었음에 감사하다.

아직도 집 안 곳곳에는 파트너의 흔적들이 가득하다. 이 흔적을 보듬어 안고, 혹은 지워내가며 살아가는 것 또한, 돌봄의 연장일 것이다. 상대방을 돌보는 일로 시작되었던 나의 여정은 나를 돌보는 일로 마무리될 것이다. 이 돌봄의 종착점이 어서 빨리 찾아오길 기도했다.

애도 일기: 2022년 6월 30일, 내가 력사를 사랑한 이유

력사랑 있었던 일을 이야기하는 게 좋다.
'력사랑 있었던 일'이라고 쓰고 '돌봄'이라 읽는다.
력사와 함께하며 배운 게 정말 많다.
느낀 것도 정말 많고, 미안한 일도 화나는 일도
많았고, (여러 사람에게) 고마운 것도 많다.
이 사람과의 만남과 헤어짐 모두가 나를 계속 삶의
다른 순서로 옮겨놓았다.

력사는 내가 꿈에 그리던 사람이다.
력사는 내가 가장 오래 만난 여자친구이다.
력사는 내가 가장 오래 만난 애인이다.
력사는 나를 가장 안정적으로 살게 해준 사람이다.

력사를 스물아홉에 만나, 마흔한 살에 헤어졌다.
내 삼십 대 전부를 력사와 함께 보냈다.
우리는 막 사귀기 시작했을 때부터
'십 년 만난 사람들' 같다는 말을 들었다.
력사 이전엔 자기 파괴적이고 불같은 연애를 했다.

력사를 만나며 이전 연애가 남긴 찌꺼기들을
잘 정리할 수 있었다.

물론 력사가 쉬운 사람은 아니었다.
자기 주관이 명확하고, 고집이 있고, 고집도 있고,
고집까지 있다. -_-
나도 고집이 있는 사람인데, 아무리 맞는 말을 해도
절대 안 듣는 력사 때문에 성을 내기도 많이 냈다.
하지만 십수 년이라는 시간은 그런 우리가 원활히
소통할 수 있게 해주었다.
주변에서는 소통하는 우리를 보고 너희는 맨날
투닥대냐고 타박했지만,
난 력사랑 그렇게 투닥대는 게 좋았다.

생일마다 어이없게 청바지를 고르라 하는 력사도
좋았고(너는 옷이 없으니 이참에 사라는데, 선물은 비싼
쓰레기가 최고임을 납득시키는 데 십 년이 걸렸다),
내가 여행이나 출장을 갈 때 꿍얼거리며 짐을 싸주는
력사도 좋았고,
역시 찌개는 내가 끓인 것보다 자기 것이 맛나다며
자랑스러워하는 력사도 좋았고,
우리 집 고양이 막둥이는 자기를 더 좋아한다고 믿는

력사도 좋았고(과연?!),
나보다 텐트 못 치는데 아니라고 생각하는
력사도 좋았고,
자기 일을 사랑하고 자부심을 가지고 있는
력사도 좋았고,
하고 싶은 게 많은 력사도 좋았고,
콤플렉스가 많은 력사도 좋았고,
그걸 극복하려 노력하는 력사도 좋았고,
옷을 잘 입는 력사도 좋았고,
심지어 등산복을 입는 력사도 난 참 좋았다.

난, 참 력사를 많이 좋아했나 보다.

우리는 언제, 어디로 집을 합칠지 자주 이야기했다.
은퇴하고 무엇을 할지도 이야기하고.

력사는 해보고 싶은 것들도 참 많았다.
력사는 공부를 하고 싶어 했다.
력사는 여성학을, 역사를 공부하고 싶어 했다.
박사도 하고 싶었고, 유학도 가고 싶었다.
'그래서 내가 대신해주겠다!'까지는 아니지만…

이이의 꿈이 다 이루어지지 못한 것은
괜스레 아쉽다.

력사랑 대화하며,
나는 공부를 싫어한다는 것을 알았다(력사랑 사귀기
시작했을 때 무려 난 대학원생이었다).
단체에서 활동하겠다고 결심했다.
내가 원하는 삶을 그리기 시작했다.

력사는 비록 내가 공부를 관두는 것도,
전업 활동가가 되는 것도 조금 아쉬워했지만,
그 누구보다 내가 선택한 삶을 응원하고 지지하고
믿으며 뒷받침해준 사람이다.
나도 그의 삶에 그런 사람이었을까, 궁금해진다.

나를 안정된 삶, 미래를 이야기하는 삶으로
옮겨놓았던 이가 이제는 나를 돌봄을 이야기하는
삶으로 끌어당겨놓았다.
오늘도 어디 가서 력사를 돌보던 시기에 있었던 일을
마구마구 떠들다가 잠깐 생각했다.
난 력사 이야기를 하는 게 좋은 건가, 돌봄이라는
주제에 대해 이야기하는 게 좋은 건가, 뭐 이런

생각을. 물론 둘 다겠지만.

그리고 이렇게 력사 이야기를 많이 하는 나에게
내 얘기 좀 그만하라고 컴플레인할 게 분명한 력사가
보고 싶다. 참 징글징글하게도, 여전히,
력사가 참 보고 싶다.

그러니까 네가 좀 덜 보고 싶게 썸녀를 내려주든가.
썸녀하고는 네 이야기 안 할 테니까. -_-

남겨진 나날,
살아갈 날들

사별 후 나를 도와준 것들, 나의 애도법

누가 물었다. 사별 후 나를 도와준 것이 무엇이었냐고. 생각해본다. 도와준다는 게 어떤 말일까, 무엇을 도와준다는 말일까.

내가 일어설 수 있도록?
덜 힘들어하도록?
외로움을 견디도록?
괴로움을 외면할 수 있도록?
다시 일어설 수 있도록?

이것들 전부일 수도 있고, 어쩌면 전부 다 아닐지도 모른다.

난, 내가 괜찮을 줄 알았다. 정말, 괜찮을 줄 알았다.

나는 밝은 사람이고, 속으로 계속 력사의 죽음을 준비해왔고, 주변에 좋은 사람들이 많으니까. 나는 이후의 삶에 대해서 끊임없이 생각하고 있고, 이후에도 잘 살겠다는 의지가 굳은, 심지어 연애까지 하겠다는 희망찬 사람이니까 힘들어도 당연히 금세 괜찮아질 거라 생각했다.

　하지만 현실은 달랐다.

　장례 기간 내내 웃으며 손님을 맞이했던 나는 장례식 마지막 날에야 오열을 했다. 그리고 본격적인 애도의 시간이 찾아왔다. 친구들은 내가 무너지지 않도록 옆을 지켜주었다. 력사를 돌보았던 내가 이번에는 친구들의 돌봄에 기대어 살게 되었다. 친구들은 내가 손을 내밀면 잡아주기로 약속이나 한 듯했다. 나는 친구들 집에서 시간을 보냈고, 친구들과 여행을, 쇼핑을, 산책을 갔다. 함께 력사를 추억하기도 했지만, 력사를 이야기하지 않고 우리끼리 웃을 수 있는 시간을 보내기도 했다. 그 시간이 나를 단단하게 만들어주었다. 어느 순간부터 그런 친구들에게 너무 고마워서라도 괜찮아지고 싶어 하는 나를 발견하게 되었다. 나는 정말로 괜찮아지고 싶었다.

　수년이 지난 후, 친구 한 명과 그때 이야기를 하다가 물었다. "내가 너한테 정말 자주 연락했었지?" 친구는 웃으면서 그랬다고 했다. 그때의 통화 내역을 보니, 무슨 애인하고 통화하는 것보다 더 자주(매일 하는 건 물론이고 하루에도 몇 번씩) 친구에게 전화를 해댔다. 그때마다 친구는 꼬박꼬박 전화를 받아주었다. 아무리 사소한 이야기를 해도 잘 들어주었고, 심지어 본인이 너무 바쁠 때도 그랬다. 그게 나에 대한 그의 돌봄이었다는 것을 깨닫기까지는 꽤 오랜 시간이 걸렸다.

혼자 있을 때는 방 안에 틀어박혀 있었다. 친구들이 권유하여 상담을 받았지만, 큰 도움이 된다고 생각하지는 않았다. (그래도 꾸준히 갔다. 사실 도움이 되었다.) 정말 일해야 하는 시간을 제외하고는 소파에 누워서 텔레비전을 봤다. 온갖 오래된 시리즈물이란 시리즈물은 다 섭렵했다. 〈닥터 후〉〈소년탐정 김전일〉〈명탐정 코난〉〈원피스〉 등…. 지금 다시 보라면 그렇게 못 볼 것 같은데 그때는 밤새 텔레비전을 보다가 새벽이 되어서야 까무룩 잠이 들곤 했다. 그 시간 동안에는 고양이들이 나를 지켜주었다. 고양이들은 소파 위아래에 누운 채 전혀 귀찮은 기색 없이 나와 함께해주었다. 고양이들도 나를 돌봐야 한다는 것을 알았을까.

그러고 나서야 비로소 혼자 움직일 힘이 생겼다. 그때부터는 하고 싶었던 일을 했다. 그동안 보지 못했던 연극과 뮤지컬을 보러 다녔다. 그해 공연한 대형 뮤지컬들은 다 본 것 같다. 혼자 앉아 화려한 무대를 보고 있을 때 내 안에 깃들던 생동감, 집으로 오는 길 가슴 벅차는 뿌듯함과 즐거움. 그 시간들이 나에게 삶을 지속할 또 다른 이유를 주는 것만 같았다. 그래! 세상엔 즐거운 게 이렇게 많은데! 죄다 즐기려면 잘 살아야지 암!

그렇게 하루 24시간 력사를 생각하던 게 12시간으로 줄었고, 하루에 이따금 몇 번으로 줄어들기까지 일 년이 걸렸다. 그리고 어느 날, 내 메신저에 력사가 '새로' 가입했다는 알람이 울렸다. 나는 력사가 사망한 이후에도 력사의 번호를 지우지 않았다. 당연히 력사와 나누었던 대화들도 하나도 지우지 않았다. 그걸 굳이 매일 다시 열어보고 싶었던 건 아니지만, 지우고 싶지는 않았다. 그 또한 력사와 나의 삶의 기록이었기에 소중하게 간직하고 싶었다. 그러면 정말 력사 생각이 간절할 때 찾아볼 수도 있고.

그런데 어느 날 갑자기 력사가 메신저에 나타난 것이다. 온갖 비이성적이고 드라마틱한 생각들이 휩쓸고 지나간 뒤 다시 머리가 차가워졌다.

'아, 다른 사람이 력사의 번호를 쓰게 되었구나.'

그제서야 력사의 번호를 삭제하고 혹시나 다른 사

람들이 나처럼 놀라지는 않을까 생각하며 주변에 만약 력사 번호를 아직 지우지 않았다면 이제는 지워달라고 전했다. 그 일을 겪고서야 받아들일 수 있었던 것 같다. 이미 떠난 사람을 내가 원한다고 계속 붙잡아둘 수는 없다는 사실을, 우리의 삶은 늘 흐르는 것이어야 함을.

이제 력사를 마음 한구석에 넣어두고 파트너가 없는 나, 윤캔디를 인정할 수 있을 것 같았다. 결국 력사를 떠나보낸 뒤 일 년은 력사 없이 살아가는 삶을 다시 재구성해나가는 시간이었나 보다. 그 시간이 지나서야 비로소 생각할 수 있었다.

'아, 난 정말 이제 혼자구나. 하지만 혼자서도 잘 살아갈 수 있어. 이렇게 씩씩한 내가 될 수 있는 건 력사, 네가 있었기 때문이야. 지금의 나를 만들어줘서 고마워.'

우리, 같이 죽음을 이야기해요

력사가 가고 난 뒤 또 한 가지 달라진 점이 있다. 주변에서 누군가 아프다거나, 세상을 떠났다는 소식을 들을 때마다 이전과는 다른 느낌으로 마음이 아려 온다는 것이다. 어떤 경험을 하고, 어떤 어려움을 겪고, 어떤 마음을 견뎌왔을지를 계속 생각하고 또 생각하게 된다. 그전에 막연히 '많이 힘들겠다' 하던 것과는 너무나 다르다.

그래도 여전히 뭐라고 위로해야 할지는 모르겠다. 그게 어떤 마음인지 알아서, 아니까 더욱 어렵다. 그저 누군가를 떠나보낸 이들이 주변의 진심들로부터 충분히 위로받기를, 충분하고 적당하게 슬퍼할 수 있기를, 너무 오래 아프지 말고 다시 삶을 이어나가게 되기를 빌었다.

그러다 보니 자연히 세상의 돌봄이 눈에 들어왔다. 죽음은 단절된 하나의 순간이 아니라, 그 전후의 시간들과 밀접히 이어져 있다. 다른 사람들이 그 기나긴 여정을 지나는 동안 내가 뭘 할 수 있을까를 생각하게 되었다.

그래서 이야기를 좀 나누었으면 좋겠다고 하면 피

하지 않고 적극적으로 응답했다. 언론에서 인터뷰를 하자고 하면 인터뷰를 했고, 연구나 조사에 참여해달라고 하면 참여자가 되어 내 이야기를 전했다. 성소수자 중에 파트너 돌봄과 사별을 경험한 사람이 나 하나는 아니겠지만, 그 모든 이야기를 바깥에 터놓고 할 수 있는 사람은 많지 않다는 것을 누구보다 잘 안다. 더욱이 나는 가진 것이 많지 않으니, 내 이야기라도 세상을 위해 내놓아야 한다고 생각했다.

나의 경험이 누군가의 드러나지 않는, 드러낼 수도 없는 돌봄에 위로를 건넬 수도 있으니까. 또 아무것도 할 수 없을 것 같은 두렵고 막막한 상황에서 이런 방법도 있구나, 하고 사고를 전환할 수 있을지도 모르고. 나는 모든 성소수자가 나이 들어가면서 반드시 겪을 수밖에 없는 일을 남들보다 약간 일찍 겪었다. 남들이 같은 상황에 처했을 때, 어떻게든 손을 내밀어줄 수 있고, 꼭 그렇게 할 거라고 다짐했다.

력사가 떠나고 한 해가 지난 2022년 9월, 나는 활동하던 살림의료복지사회적협동조합의 사전연명의료의향서 교육상담팀에 들어갔다. 나는 력사의 마지막 순간에 사전연명의료의향서가 꽤 큰 도움이 되는 것을 보고 다소 충동적으로 의향서 작성을 신청하고 교

육을 받았다. 세상 괜찮은 척 교육을 받으면서, 물색
없이 또 재잘재잘 떠들었다. 살림과 친구들이 있었기
때문에 력사가 의향서를 쓸 수 있었고, 그 덕에 호스
피스 의사 선생님이 력사의 어머니를 보다 잘 설득할
수 있었고, 그래서 어쩌면 력사는 좀 더 편안한 마지
막을 보낼 수 있었다고. 사전연명의료의향서를 작성
한다는 건 그냥 뜬구름 잡는 일이 아니라, 스스로 존
엄한 마지막을 맞이하기 위한 결심의 표현이기도 하
다고 말이다.

교육을 받은 뒤 조합 사무국에서 의향서 교육상담
팀에서 함께 일하지 않겠냐고 제안해주셨다. 나는 단
박에 수락했다. 사전연명의료의향서 교육상담팀은
말 그대로 사전연명의료의향서를 쓰고자 하는 사람
들을 지원하는 팀이다. 하지만 가만히 앉아 의향서
를 작성하는 것만 돕지는 않는다. 호스피스 연명의
료에 관한 법률이 언제 어떻게 제정되었는지, 우리에
게 사전연명의료의향서가 어떤 의미인지 교육하고
나에게 죽음이 어떤 의미인지, 나는 어떤 죽음을 맞
이하고 싶은지 함께 이야기하는 시간을 매달 이끌고
있다.

연명의료에 대한 의향을 사전에 결정한다는 것은
단순히 종이 한 장 작성하는 일이 아니다. 나의 죽음

을 생각하고 그것을 어떻게 주변에 나누고 소통할 것인가 고민하는 일이 함께 가야 한다. 내가 활동하는 살림의료복지사회적협동조합뿐 아니라 다양한 단체들이 데스카페를 운영하고 있다. 데스카페는 말 그대로 죽음에 대해 이야기하는 공간이다. 사람들은 죽음에 대해 다양한 이야기를 나누는 가운데 자신의 죽음을 상상하고 준비할 수 있다. 교육상담을 진행하다 보면, 사람들은 죽음을 막연히 두려워할 뿐 그것을 구체적으로 상상하지는 못한다는 것을 발견하게 된다. 그저 막연하게 "자식에게 폐가 되지 않았으면 한다" "집에서 죽고 싶다"라고 말할 뿐이다.

한국에서 사망선고는 대부분 병원에서 이루어진다. 그 말인즉슨 많은 사람이 중환자실이나 응급실 침대 위에서 마지막을 맞이하게 된다는 것이다. 환자에게 사망의 순간이 다가올 때, 가까운 사람들은 당연히 자기가 할 수 있는 최선을 다하게 된다. 그것이 도리라고 생각하기 때문이기도 할 것이다. 그래서 다양한 연명의료가 이루어지는데, 연명의료를 시행한 이후의 죽음은 분명 내가 상상해본 적 없는 모습이 될 수밖에 없다.

우리가 죽음에 대해 더 많이 이야기해야 하는 이유는 그 때문이다. 력사는 죽음에 대해 이야기하면 재

수 없는 소리 하지 말라고 거부했었다. 만약에 력사가 죽음을 더 편안히 이야기하고 그로써 본인의 죽음을 좀 더 일찍 준비할 수 있었다면 어땠을까?

우리가 죽음을 위해 준비해볼 수 있는 게 얼마나 많은가! "난 죽기 전에 장례식을 미리 할래!"라고 말할 수도 있다. 사람들을 만나 그동안 고마웠다, 잘 가라는 인사를 주고받을 수도 있다. 어떤 수의를 입고 싶은지 이야기할 수도 있다. 꼭 삼베로 만든 수의만 입어야 하는 것은 아니니까. 내가 좋아하던 옷, 나한테 잘 어울리는 옷을 미리 준비해놓을 수도 있겠다. 어떤 친구들은 이야기하기도 한다. "내 장례식장에서는 미러볼을 돌리고 마돈나의 노래를 틀어줘." 다른 장례식에 폐를 끼칠 수 있으니 마돈나 노래까지는 못 틀어줄 수도 있겠지만, 뭐 언젠가는 방음 장례식장이 문을 열 수도 있는 거 아닌가?(라고 썼지만, 최근에 지인의 장례식장에 갔더니 신나는 노래를 '작게' 틀어놓았다. 뭐 이것도 이것대로 좋았다!) 말이라도 못 해볼 이유는 무엇이란 말인가! 다른 건 몰라도 연명의료에 대해서는 꼭 이야기해둬야 한다. 나한테 심폐소생술이나 삽관 같은 건 안 해줬으면 좋겠다거나, 그래도 진통제는 꼭 맞게 해달라는.

요즘엔 장례식 음식에 대한 이야기도 많이 나온다.

내 장례식에는 꼭 비건 음식을 준비해달라고 이야기할 수도 있겠다. 물론 장례식 자체를 치르지 않았으면 좋겠다고 이야기할 수도 있다. 무엇보다 중요한 건 '이야기하는 것'이다. 내가 아무리 마음속으로 백 번 생각한들, 내 장례 내가 직접 치르고 떠날 것도 아니고 주변에서 알지 못한다면 실제 장례에 반영될 확률은 0에 가까울 수밖에 없다.

죽음에 대해 이야기하는 일은 불행을 나누는 것도, 어둡고 재수 없는 것도 아니다. 죽고 싶다는 이야기일까 봐 어쩔 수 없이 두렵기도 하지만, 그것보다는 대화를 통해 죽음에 이르기 전까지를 어떻게 살아갈지 다시 한번 생각해볼 수 있었으면 좋겠다. 무엇보다 좋은 죽음을 맞이하기 위해서는 좋은 돌봄이 필요하다. 우리가 스스로 돌보고, 서로를 돌보고, 함께 돌볼 때 우리의 죽음은 좀 더 따뜻하고 평온해질 것이다.

오쓰는 이상하다

력사가 떠나고 나는 친구들에게 꼭 새로운 연애를 시작하고 말겠노라고 이야기했다. 력사 없이도 꿋꿋하게 잘 사는 모습을 보여주고 싶기도 했고, 아직 많이 남았다고 생각되는 삶을 혼자 보내고 싶지도 않았다. 하지만 새로운 사람을 만나기는 쉽지 않았다. 이제는 나의 기준이 너무 높아졌다. 외모나 능력 같은 조건을 말하는 것이 아니다.

'첫째, 커밍아웃한 사람 혹은 커밍아웃할 수 있는 사람.'

사실 나 자신도 그때까지 부모에게 커밍아웃하지 않고 살아왔으면서도 그랬다. 어쩐지 수줍어지는 말이지만, 나는 성소수자인권활동가다. 성소수자 의제를 끊임없이 고민하고 목소리를 내며 필요하다면 외부에 얼굴을 드러내고 이야기하기도 한다. 따라서 내 애인이 될 사람은 본인의 의도와 관계없이 누군가에게 '캔디 활동가의 파트너'로 노출될 수도 있다. 무엇보다 이제는 더 이상 말하지 못해서 자격을 얻지 못하고 속을 끓이는 일을 견딜 수 없을 것 같았다.

'둘째 조건, 현재까지도 이어지며 영향을 미치고 있는 나의 과거를 이해해줄 수 있는 사람.'

력사는 죽었지만, 그와 함께 보낸 시간을 내 인생에서 완전히 지워버릴 수는 없었다. 력사를 기억하고, 때가 되면 제사를 지내주고 싶었다. 력사를 돌보고 장례를 치르며 느낀 많은 것을 끊임없이 세상과 나누며 살아가고 싶었다. 그런데 누가 이걸 선뜻 받아주겠어? 친구들에게 이런 이야기를 하면, 친구들은 새로 연애를 시작하겠다는 나의 희망을 지지하고 응원해주었지만, 선뜻 누군가를 소개해주지는 못했다.

오쓰[3]와는 2021년 봄 클럽하우스[4]에서 처음 만났다. 한창 몸도 마음도 힘들던 때에 스트레스를 해소

---

3 물론 오쓰가 본명은 아니다. 오쓰 역시 다른 성소수자들과 마찬가지로 개인적인 사정에 따라 본인을 드러내지 못하는 상황들이 있었다. 오쓰는 우리가 함께 보던 만화에 나온 말이다. 별 볼 일 없는 사람이 고난과 역경을 극복해 자신의 한계를 뛰어넘는 소년만화였다. 그 만화에 나오는 권법소년은 기합을 내지르곤 했다. "오쓰!" 오쓰랑 나는 그 기합을 자주 흉내 냈다. 기운이 필요할 때 두 손을 허리께에서 질끈 쥐고 그렇게 외치면 왠지 힘이 나고 의지가 생기는 기분이 들곤 했다. 이번에 좀 더 찾아보니, 이 오쓰(押忍, オッス)라고 하는 것은 'おはようございます'나 'おつかれさま'의 줄임말이라는 게 정설인 모양인데, 무도가들은 존경, 감사, 인내 등의 뜻을 담아 사용한다고 한다. 청소년끼리는 그냥 인사처럼 말하기도 한다고 하니, 맥락에 따라 다르게 쓰이나 보다.

4 2020년 4월 출시된 음성 기반 소셜미디어다.

하기 위해 오만 가지 취미를 물색하기 시작했는데, 그중 하나가 클럽하우스였다. 낯선 사람들과 수다를 떨며 서로를 알아가는 즐거움은 생각보다도 컸다. 그렇게 나는 클럽하우스에서 새로운 관계들을 만들어 갔다. 오쓰는 그중 지금은 잘 생각도 나지 않는 성소수자 주제의 대화방 참여자 중 한 사람이다. 자기도 은평구 사는 성소수자이며, 대학생이라고 밝히는 오쓰가 반가워서 앞으로 계속 알고 지내자고 했던 것이 클럽하우스에서의 처음이자 마지막 수다였다.

오쓰를 실제로 본 것은 그로부터 몇 달이 지난 어느 여름, 어느 농성장에서였다. 력사의 장례가 끝나고 얼마 지나지 않았을 때였다. "저 기억하세요?"라고 묻는 인사에 빠르게 화답하지 못해 약간 미안하기도 했지만, 그 이후로는 오쓰를 잊지 않고 기억할 수 있게 되었다. 그때 내가 느낀 오쓰의 첫인상은 귀엽다는 것이었다.

이후에도 오쓰가 다른 활동가님과 우리 단체에 자문을 구하러 오거나 한 번씩 동네에서 만나 밥을 먹는 등 간간이 연락을 주고받았다. 그렇지만 자주는 아니었다. 오쓰는 매력적인 사람이었지만, 내게는 그 이상도 이하도 아니었다.

그때까지 관계라 할 만한 것도 없었던 우리 사이

에 본격적인 변화가 일어나기 시작한 것은 력사 1주기를 지낸 지 한 달쯤 지났을 무렵이다. 우리가 아는 지인이 해외로 이주하게 되어 송별회에 참석했다. 송별회를 마치고 함께 동네로 돌아가던 길에 생각 없이 같이 공연을 보러 가자고 약속했다. 얼마 후 정말로 같이 공연을 보고 나서는 꽤 먼 북한산 인근 카페까지 가서 대화를 나누었다. 나는 그날 저녁에 회의가 있었는데도 그와 대화를 나누는 게 너무나 재밌어서 정말 마지막의 마지막의 마지막까지 밍기적거리다 겨우 헤어졌다. 헤어지고 돌아가는 길, 그가 문자메시지를 보내 왔다.

앞으로도 공연메이트 시켜주세요.
캠핑메이트도, 운동메이트도요.

그 순간 참으로 오랜만에 설렘이라는 것을 느꼈다. 나는 오쓰와 보내는 시간이 즐겁다. 저 사람이 마음에 들고 더 알아가고 싶다. 그러나 동시에 이어지는 생각은 스스로에 대한 걷잡을 수 없는 혐오감이었다. '력사가 떠난 지 겨우 일 년밖에 되지 않았는데 어떻게 벌써 다른 사람을 만나겠다는 거야.'
솔직히 다른 사람들이 나를 어떻게 생각할까도 신

경 쓰였다. '그렇게 대대적으로 파트너 사망을 알리고 장례식도 공개적으로 치르더니. 저 사람 며칠 전만 해도 죽은 파트너에 대해 이야기하고 SNS에 글도 올리지 않았어? 그런데 어떻게 저럴 수가 있지? 너무하지 않아?' 무엇보다 내가 력사를 사랑하고 함께해 온 시간들이 전부 거짓이었다는 말을 들을까 봐 두려웠다.

새로운 사람 꼭 만나겠노라고 당당하게 이야기해왔는데, 막상 그럴 기회가 오니 두려워서 아무것도 할 수가 없었다. 내 삶을 어떻게 이어나갈 것인지에 대한 문제이니 누군가에게 섣불리 의견을 묻고 그대로 따르기보다는 일단 내가 어느 정도는 스스로 판단해야 한다고 생각했다. 그래서 주변에도 이야기하지 못하고, 몇 날 혼자 속앓이를 했다. 얼마간 고민한 뒤 내린 결론은, 일단 오쓰와 이야기해봐야 한다는 것이었다. 그가 내 상황을 얼마나 알고 있는지 궁금했다. 내가 어떤 상황이고 어떤 마음인지 솔직하게 털어놓고 그렇다 해도 나와 교제할 수 있는지 물어봐야 했다.

이건 이기적이고 어려운 이야기였다. 지금 다시 생각해도 참 이기적이었다, 새로운 사람을 만나고 싶다면서 그럼에도 이전의 것을 완전히 떨쳐버릴 수는 없다고 하는 것은. 하지만 력사가 살다 간 삶과 그를 추모하며 지낸 시간은 내 삶에 너무나 중요한 흔적을 남겼다. 오쓰는 내 고민을 잘 이해하고 있었다. 그는 이미 력사를 돌보고 떠나보내는 그 모든 과정을 SNS를 통해 지켜봐왔고, 내가 그 과정 속에서 무엇을 느끼고 결심했는지도 알고 있었다. 그리고 오쓰는 나와 함께하겠다고 했다.

오쓰에게 특히 신기한 것은, 언제나 력사 이야기를 들어줄 준비가 되어 있다는 것이다. 자신에게는 비슷한 경험이 없으니 언제나 서로 솔직하게 이야기를 나누자고 했다. 심지어 나에게 '력사 또한 우리 가족'이라고 이야기해주기도 했다. 내가 력사에 대해 느끼는 감정은 질척질척한 미련이 아니고 폴리아모리는 더더욱 아님을 오쓰는 알았다. 지금의 나를 있게 해준 력사를 존중하고 애도하며, 그의 죽음을 통해 생각하게 된 성소수자 커플의 돌봄과 장례 문제의 중요성을 충분히 이해했다. 그것이 나의 삶과 활동에서 어떤 의미인지도. 자신 또한 레즈비언으로 살아가며 같은 문제를 경험할 수 있는데, 나와 함께하며 그 고민을 풀어나가는 방법을 상상할 수 있다고 했다.

그와 연애하면서 나는 새로운 사람을 만나기 위해서 반드시 억지로 그 앞의 누군가를, 그와 보낸 시간들을 지워내지는 않아도 된다는 것을 알았다. 우리에게 현재가 있는 것은 과거가 있었기 때문이고, 지금은 또다시 미래로 이어질 것이니 과거는 결코 단절해버릴 수 있는 문제가 아니었다. 오쓰와 연애하며 그 사실을 배웠다. 그와 연애하면서 삶이라는 것이 참으로 감사하다고 비로소 생각하게 되었다.

참 고마운 사람. 이 사람과 인생의 다음 장을 열어가기로 했다.

함께 살아간다는 일

오쓰를 만나기로 결정할 때, 나는 우리가 한두 달 만에 헤어지게 될 수도 있다고 생각했다. 어쩌면 그래서 동거도 좀 더 쉽게 결정할 수 있었는지 모르겠다. 이 좋은 사람과 하루 앞을 알 수 없는데, 해볼 수 있는 일이라면 뭐든 다 해보고 싶은 마음이었다. 그렇게 연애를 시작한 지 한 달 만에 동거를 결정하고 두 달 만에 함께 살기 시작했다.

당시 나는 고양이를 두 마리, 오쓰는 한 마리 키우고 있었다. 동거를 결정했을 때 가장 어렵겠다고 짐작했던 것은 고양이 세 마리를 합사하는 일이었다. 그게 고양이에게도 사람에게도 얼마나 힘든 일인지를 역설하는 글과 영상 들을 보면서 우리는 꽤나 긴장했다. 하지만 고양이들은 의외로 쉽게 함께 사는 삶을 받아들였다. 처음부터 한배에서 난 것마냥 친해졌다는 말은 절대 아니고, 그저 서로의 존재를 인정했다는 뜻이다.

우리 집 첫째 꿈냥이는 친절하고 점잖은 어르신 스타일이다. 2008년생으로 나이가 꽤나 많기 때문에 새로운 고양이의 존재를 방관하듯 인정했다. 둘째 막둥이는 2009년생으로 약간은 예민한 성격이었다. 욕쟁이 할머니 스타일이랄까? 막둥이는 새로운 고양이가 약간 짜증 나지만, 이 집의 룰만 지킨다면 받아들이겠다는 입장인 듯했다. 그래서 가끔 새 고양이가 서열에 어긋나는 행동을 하면 하악질과 냐옹질로 욕을 해댔지만, 그 외에는 크게 신경 쓰지 않았다. 그리고 새로 합류한 2016년생 무타. 꿈냥이, 막둥이와 나이 차가 많이 나지만, 그래도 어엿한 중년이었다. 무타는 워낙 이불을 좋아하는 고양이라 공간을 크게 차지하지 않아서 다른 둘과 싸울 일이 많지 않았다. 무엇보다 사람을 자기편으로 만드는 정치력이 어마어마했다. 들어오자마자 나에게 몸을 비비며 친분을 과시하더니, 뭔가 밀리는 것 같을 때면 우리에게 도움을 청하곤 했다. 그런 모습을 어이없이 바라보는 노묘 두 마리. 싸워서 뭐 하나, 싶기도 했던 것 같다. 그렇게 사람 둘과 고양이 셋의 삶이 시작되었다.

함께 산다는 것은 아침에 일어나는 순간부터 밤에 잠드는 순간까지를 매일 함께한다는 것이다. 함께여서 좋기도 하지만, 생각지도 않았던 부분까지 서로에게 다 노출되며, 삶의 습관들을 서로 맞춰가야 하는 순간이 도래한다.

물론 내가 이전에 남들과 살아보지 않은 것은 아니다. 친동생과도 살아봤고, 아는 동생과 한 침대를 쓰며 살기도 했다. 애인과 많은 시간을 함께 지냈다. 력사와 함께할 때는 거의 주말부부처럼 살았으니까. 하지만 그때는 어디까지나 한정된 기간 동안이었으니까, 평생 이렇게 함께 살 거라고는 생각하지 않았으니까 서로의 습관을 맞춰가야 한다는 생각까지는 하지 않았다.

오쓰와의 삶은 습을 맞추어가는 시간의 연속이었다. 오쓰는 일찍 자고 일찍 일어나는 사람이었고, 나는 늦게 자고 늦게 일어나는 사람이었다. 나는 먹는 걸 너무나 좋아하는 사람이고, 오쓰는 먹는 걸 그리 중요하게 여기지 않는 사람이다. 나는 정리에 대한 스트레스가 덜하지만, 오쓰는 그렇지 않다. 이뿐이 아니었다. 우리는 각자 다른 배경에서 다른 질감의 삶을 살아온 사람이기에 서로 다른 부분을 찾자면 끝도 없었다. 그래도 서로 조율하고, 배려하고 배려받으며 나의 삶과 너의 삶을 우리의 삶으로 만들어갔다.

너무나 다른 우리가 그 다름을 맞춰갈 수 있었던 것은 삶에서 원하는 가장 중요한 한 가지가 같았기 때문일 것이다. 그것은 그저 심심하고 평온한 삶이었다. 우리는 큰 이벤트가 없는 삶을, 그냥 함께 아침을 먹고 저녁을 먹고 양치를 하고서 잠드는 일상을 원했다. 같이 늘어져 누워 텔레비전을 보다가 지치면 손잡고 산책을 나가는, 그냥 그런 삶. 많은 이가 살아가고 있는 그런 삶을 우리도 원했다.

왜냐면 우리 집 바깥에서의 삶은 이미 너무나 다이나믹했으니까. 어떻게 된 게 이 사회는 차별과 혐오가 날이 갈수록 심해지고, 성소수자인 우리는 그 앞에 맨몸으로 노출되어 있다. "아, 이만큼 겪었으면 이젠 익숙하지-" 너스레를 떨지만, 실은 절대 익숙해지지 않는다. 우리는 매번 함께 상처받고 슬퍼한다. 우리는 그 모든 공격으로부터 안전한, 따뜻하고 평온한 삶의 공간을 원했을 뿐이다. 아마도 다른 많은 성소수자처럼 말이다.

나는 아직도 설거지를 바로바로 하지 않는다.
오쓰는 아직도 음식물 쓰레기가 무섭다.
나는 아직도 맥시멀리스트다.
오쓰는 아직도 나보다 짐이 훨씬 적다.
우리의 어떤 점은 결코 바뀌지 않는다.
하지만 이제 나는 예전보다 잠을 빨리 잔다.
오쓰는 예전보다 잠을 푹 잔다.

우리 둘 다 정신의학과 약을 끊고, 상담을 종료했다.
하루 동안 겪은 슬픔과 서러움을 혼자 삼키지 않고,
집으로 가져와 나눌 수 있다.
함께 산다는 것은, 집 안에 든든한 나무를 한 그루
들이는 일이었나 보다. 물을 주고 햇빛도 쬐게
해주고 보살피는 공이 솔찬히 들지만, 그 나무가
자기 뿌리로 우리 집을 갈수록 든든하게 감싸안아
준다는 것을 안다.
그렇게 우리는 함께 살아가고 있다.

안녕, 막둥이

우리 막둥이는 평생을 까칠한 고양이로 살다 갔다. 막둥이는 우리 집에서 태어났다. 우연히 집에 들어온 길고양이 업둥이가 꿈냥이와 눈이 맞아 새끼를 여섯 마리 낳았다. 다른 새끼 고양이들은 모두 입양을 가고, 엄마 업둥이는 다시 집을 나갔다. 그렇게 마지막에 혼자 남은 막둥이는 세상이, 아니 사람이 늘 짜증 났던 것 같다. 형제자매들을 어디론가 데려간 손, 자신을 둘러싼 세상을 바꿔버린 손(막둥이가 태어난 뒤에 이사를 했다). 막둥이에게 사람 손이란 무섭고 위험한 것이었다.

나에게도 막둥이는 애매한 존재였다. 사실 여섯 마리 새끼 고양이를 전부 입양 보내고 싶었는데, 막둥이는 시간이 흘러도 데려가겠다는 사람이 나오지 않았다. 잘 입양되라고, 오래오래 살라고, 나랑은 정붙이지 말자고 이름도 '똥부리'라고 입에서 나오는 대로 막 지었는데, 유독 입양처가 정해지지 않는 저 고양이가 난감했다. 6개월이 지나서야 고양이에게 막둥이라는 새 이름을 지어주고 함께 살기로 마음을 먹었다. 하지만 그때는 이미 고양이와 내 사이가 좀 많이 불편해진 뒤였다.

막둥이는 항상 나와 조금 떨어져 있었다. 캣타워 위에서 나를 바라보았지만, 내가 주는 간식은 먹지 않았다. 그래도 소통은 해야 하니, 마음에 들지 않는 것이 있으면 오줌으로 의사를 표현했다. 화장실이 덜 치워져 있거나, 밥이 없거나, 발정이 나서 힘들면 오줌을 쌌다. 반지하방에 살던 그 시간 동안, 우리 집에선 이불 빨래가 마를 날이 없었다. 지금 생각하면 나도 참 무던하다 못해 둔하기까지 했던 것 같다. 그걸 그냥 버티고 살았으니까. 고양이니까 그럴 수도 있다고 생각했던 것 같다. 삼 년이 지나서야 중성화 수술을 시키기로 결심했다. 싫다는 고양이를 포획하다시피 우격다짐으로 이동장에 잡아넣어 병원으로 데려갔다. 그 후 오줌을 싸는 일이 약간 줄었지만, 막둥이와 나의 관계는 더욱 악화되었다. 좀 나아질 법하면 이사하거나 병원에 데려가게 되며 가까워질 기미가 보이지 않던 우리 둘의 간극은 막둥이가 노년에 접어들 즈음이 되어서야 조금씩 좁혀지기 시작했다.

막둥이는 어느 순간 곁을 내주기 시작했다. 하지만 딱 그 정도였다. 본인이 내킬 때는 옆에 와서 앉아 있기도 하고 내 몸에 기대 있기도 했지만, 그 외에는 혼자만의 시간을 즐기는 고양이였다. 나는 막둥이가 그저 사람 손을 무서워해서 이렇게 거리를 둔다고 이야기하면서 특별히 가까워지려 노력하지 않았다. 유난히도 나에게 치대는 꿈냥이보다 덜 애틋해하고, 덜 살피며 살아온 것은 아닌가 생각해보기도 한다.

고양이들이 나이를 먹으면서, 이들이 갑자기 죽을 수도 있다고 생각하곤 했다. 특히나 막둥이는 워낙 병원도 거의 못 가본 고양이라 더더욱 그랬다. 하지만 2021년에 병원에 갔을 때 크게 문제가 없다고 했기 때문에 마음을 놓고 있었다.

그런데 막둥이가 갑자기 아프기 시작했다. 이사를 하고 두 사람 세 고양이 가정이 되고 몇 달 후, 막둥이는 갑자기 기운을 잃었다. 열도 좀 나는 거 같고 몸이 힘들어 보였지만, 워낙 혼자 있는 걸 좋아하는 고양이라 그냥 그런가 보다 했다. 오쓰가 "어디가 좀 안 좋은 걸까?" 이야기할 때도, 난 대답했다. 잰 원래 저런다고. 그러기를 며칠, 오쓰가 아무래도 걱정된다며 막둥이를 안아 들었다. 그런데 막둥이가 가만히 있는 거였다. 막둥이는 사람이 안아준다고 가만히 있는 고양이가 절대로 아니었다. 너무 놀라, 그대로 고양이를 들고 병원으로 갔다.

병원에 도착해서도 처음엔 수의사 선생님과 화기애애하게 이야기를 나누었다. "막둥이가 성질 나쁘

기로 유명한 고양이인데, 오늘은 얌전하네” 하며 막
둥이를 데리고 엑스레이를 찍으러 간 선생님은 갑자
기 당황하며 빠르게 움직이기 시작했다. 그리고 내가
알아들을 수 없는 이야기를 쏟아냈다. “지금 막둥이
가슴에 홍수가 차 있어요. 선천적으로 심장이 안 좋
았던 것 같아요. 당장 입원해서 홍수를 빼야 하고….”

그렇게 긴급 입원을 한 막둥이는 홍수를 뽑아내고,
온갖 주사를 맞으며, 동물병원 입원실에서 투병을 시
작했다. 우리는 기다리는 것 말고는 할 수 있는 게 없
었다. 왜 나는 고양이의 건강을 맹신했을까, 뭘 어떻
게 해야 하는 걸까를 끊임없이 생각했지만, 이번에
도 큰 답은 없었다. 하지만 나는 모든 치료의 최종 결
정권을 가진 사람이었다. 나는 막둥이의 보호자로서
의사와 치료 방향을 논의해야 했다. 하지만 그 논의
라는 게 딱히 뭐가 있는 것도 아니었다. 그저 선생님
이 제시하는 방향을 듣고 고개를 끄덕이는 게 고작이
었다.

닷새. 막둥이가 병원에 있었던 시간은 딱 오 일이
었다. 병원에서 긴급히 걸려 온 전화를 받고 달려갔
을 때, 막둥이는 차가운 병원 침대에서 각종 호스를
주렁주렁 달고 있었다. 중환자실에 누운 사람처럼.
선생님께서는 이제 막둥이를 보내줘야 할 것 같다고

말씀하셨다.

이번에도 친구들이 함께 반려동물 장례식장을 알아봐주고 장례식장까지 동행해주었다. 친구가 우리 집 앞까지 데리러 와주었다. 친구 차의 트렁크는 깨끗하게 정리되었고 무지개색 담요까지 깔려 있었다. 정성스레 준비된 운구차를 타고 이동하는 기분이었다. 고양이 가는 길을 온 마음 다해 준비해주는 친구들에게 고맙다는 말 외엔 무엇도 할 수 없었다.

막둥이를 력사의 옆에 뿌렸다. 력사가 유난히 예뻐했던 아이이니, 분명 하늘에서도 서로 돌보고 아끼며 지낼 수 있을 거라 생각했다.

막둥이를 보내며, 정말 많이 울었다. 막둥이는 태어나는 순간부터 마지막 가는 순간까지 자신의 한평생을 나와 함께한 단 한 마리의 고양이였다. 막둥이가 선천적으로 심장이 좋지 않았던 것 같다는 수의사 선생님의 말씀이 사무쳤다. 나는 막둥이와 내내 함께하면서도 그 사실을 몰랐던 거다. 반려동물을 떠나보내고 겪는 아픔을 펫로스라고 표현한다고 한다. 그만큼 그 아픔이 크다는 말이겠지. 막둥이를 떠나보내며 사람을 보내는 것과 고양이를 보내는 것이 정말 한 치도 다르지 않음을 배웠다.

막둥이가 떠난 공간, 집에는 사람 둘과 고양이 둘

이 남았다. 우리는 남은 이들을 잘 돌보고 위로해야 한다는 것을 안다. 막둥이가 떠난 후, 우리 넷은 좀 더 붙어 잠을 잔다. 우리 삶에 서로의 온기가 얼마나 중요한지를 매일매일 떠올리며 온기를 나눈다. 이 또한 우리의 돌봄이겠지.

사별한 연인의 기념일을 함께 챙긴다는 것

력사와 연애하던 때를 떠올려본다. 그때 우리가 백일을 챙겼던가? 분명 무슨 시험이었나 하는 일정이 있어서 챙기지 못하고 지나갔을 것이다. 이백 일도, 삼백 일도 마찬가지였다. 생일이나 사귄 지 1주년이니 2주년이니 하는 연 단위 기념일은 그래도 기억했지만, 딱히 잘 챙기진 않았다.

그런데 력사가 떠나고 나니, 새로운 기념일들이 자꾸자꾸 생겨났다. 장례식을 치르고, 삼우제를 지냈다. 사십구일이 지나고는 사십구제를 치렀다. 그 후에는 생일. 사망하고 처음 맞는 생일만은 챙겨야 하는 거라고 했다. 그다음에는 력사가 떠난 지 백 일, 이백 일, 삼백 일 되는 날을 챙겨댔다. 물론 그 사이사이 추석과 설날도 어김없이 찾아왔다. 그럴 때마다 '이때다!' 하며 력사를 찾아갔다. 지금 생각해보면 그것은 뭐든 꼬투리 삼아 력사를 상기하려는 노력이었다. 아마도 나는 그렇게 나를 위로할 구실을 만들고 싶었던 것 같기도 하다.

하지만 그것도 결국은 력사 생전에 우리가 기념일을 챙기던 방식으로 바뀌어간다. 삼백 일이 지나면서부터는 오백 일, 천 일만 챙겼다. 내가 챙기는 기념일은 설날과 추석, 기일과 생일, 가끔 여성의 날(력사는 페미부치니까!) 정도가 되었다. 어느 순간부터는 력사를 잊지 않으려 몸부림칠 필요가 없었다. 이제 력사는 내 삶 속에서 이따금씩 기억하는 자연스러운 일부가 되었으니까. 나는 친구들 차에 실려 가던 사람에서, 직접 운전해 력사에게 갈 수 있는 사람이 되었고, 력사를 잊을까 두려워 아무것도 하지 못하던 사람에서, 내 삶을 가장 중심에 두고 력사를 챙길 수 있는 사람이 되었다. '올해 기념일엔 뭘 할까?' '올해는 뭘 가져갈까?' 즐겁게 고민하며, 력사에게 새로이 건넬 이야기를 상상할 수 있게 되었다. 력사를 만날 때마다 울던 내가 이제 력사에게 잘 지내냐, 새로운 소식은 없냐 물어볼 수 있는 사람이 되었다.

지난 력사 2주기는 처음으로 오쓰와 함께 챙긴 력사의 기념일이었다. 력사의 두 번째 기일을 하루 앞두고 오쓰와 함께 양평에 다녀왔다. 오랜만에 본 력사나무는 그새 또 키가 컸다. 얼마나 더 크려는 걸까? 그래도 이제 력사 옆엔 막둥이가 항상 있을 것이니 한결 든든한 마음이었다.

력사의 2주기 제사는 력사가 처음이자 마지막으로

커밍아웃했던 후배이자 친구 A의 집에서 지냈다. 그래도 가장 열심히 준비한 사람은 누가 뭐래도 오쓰였다. 정작 나는 아무 생각도 계획도 없었는데, 력사의 애장품들로 멋진 제사상을 만들어주었다. 나는 나의 다음 애인이 력사에 대한 상황을 이해하고 공감해주기를 바랐고, 오쓰는 처음부터 그렇게 해주었다. 여전히 난 그가 정말 대단한 사람이다 싶다.

이번 제사 때도 물론 눈물이 좀 나는 순간이 있었다. 하지만 오쓰에게 우는 모습을 보여주고 싶지는 않았다. 우리는 언제까지 력사 제사를 지내고 성묘를 하게 될까, 생각했다.

언젠가 어느 커뮤니티에 오쓰와 력사의 기일을 함께 챙긴다는 이야기를 썼다가 욕을 옴팡 얻어먹고 지운 적이 있다. 이런 글이었다.

오늘은 력사 생일이다.
원래 어제(토) 력사에게 다녀오려다 날씨에 쫄아서 못 가고 포기했다. (력사도 이해했겠지.)
대신 집에서 핸드폰 초를 켜고 와이프와 노래를 부르고 초를 껐다.
내일은 진짜 케이크에도 초를 붙여봐야지.

력사의 사십 대 후반이 시작되는 이 시점을 보지 못하는 건 좀 아쉬운 일이다. 지금의 이 국면에 분명 제일 신나게 함께했을 텐데 말이지. 물론(!) 나보다 힘도 지구력도 잘 쓰는 력사를 보는 건 자랑스러우면서도 부럽고 짜증도 좀 났을 테지만 말이다. 하지만 상상만으로도 웃기고 재밌으니까 또 그걸로 됐다.

력사와 나의 시간이 력사의 떠남과 나의 결혼으로 단절되거나 종결되지 않고 다른 형태로 변화하고 지속되는 것이 너무나 소중하다.

력사를 추억하고 기억하는 이런저런 일에는 와이프가 항상 함께한다(내가 혼자 있고 싶어 하면 혼자 둔다). 력사를 가족의 일원으로 받아들이고 함께 추억의 시간을 보내주는 와이프에게 항상 고맙다. 이런 삶을 함께 만들어가는 와이프가 최고다!

사실 나부터도 잘 모르겠다. 이 문제는 언제나 고민이고 어쩌면 평생 고민할 것 같다. 오쓰의 친구들은 력사에 대해 전혀 모르는 사람들이 대부분이다. 그들과 이야기를 나눌 때에 나는 자주 멈칫했고, 오쓰는 그런 내가 많이 걸렸는지 돌아와서 또 한참 이야기를 나누었다. "안타까운 일이지만, 우리에게는 레퍼런스가 많지 않잖아. 그러니까 솔직한 이야기를 많이 나누자." 정말로, 오쓰 같은 사람이 또 있을까.

오쓰와 이야기하다가 울음을 터뜨린 적이 있다. 이유는 "죄책감이 사라지지 않아"서였다. 알고 있다. 내가 죄책감 가질 일이 아니라는 거, 새로운 사람을 만나는 데는 아무 문제가 없고 나도 행복할 권리가 있다는 거. 만약 내 일이 아니었다면 분명하게 말해주었을 것이다.

가까운 이를 애도하는 데 끝이 있을까? 있다면 애도의 끝은 무엇일까? 국가트라우마센터에서는 애도의 4단계를 이야기한다.

1) 상실을 현실로 받아들이기
2) 상실로 인한 고통을 충분히 경험하기
3) 고인이 없는 환경에 적응하기
4) 고인과의 관계를 재배치하고 자신의 삶을 이어가기

이때 극심한 슬픔은 6개월에서 1년가량 지속된다고 한다.

『슬픔과 애도*On Grief and Grieving*』를 공동 집필한 작가 데이비드 케슬러는 슬픔을 받아들이도록 돕는 단체를 운영하고 있다. 그는 죽음과 상실을 이야기하는 5단계(부정-분노-협상-우울-수용) 이후에 또 한 가지 단계가 더 있다고 주장한다. 바로 '의미 찾기'다. 그는 "의미를 발견하고 행하는 것은 고통을 제거하지는 못해도 완충작용을 한다. 보통 유가족이 깨닫게 되거나 행하게 되는 것에 의미가 반영되게 된다. 삶의 취약성을 깨닫고 현행법을 개선하려고 노력하거나, 사랑하는 사람이 죽은 방식으로 다른 사람이 죽지 않도록 연구비를 후원하거나 삶에서 다른 변화를 일으키려고 하는 것 등이 의미를 찾은 사람들이 보통 하는 행위들이다"라고 이야기하고 있다.

나는 어쩌면 의미 찾기 단계에 머물러 있는 건 아닌가 생각해보았다. 력사의 죽음과 장례 이후에 퀴어한 돌봄과 죽음, 장례에 대한 이야기를 잘 이어나가고 싶다고 생각했고, 여러 가지 계획을 세워보았지만, 아직 제대로 마무리 지은 게 없다. 이걸 잘 마무리 짓고 나면 난 정말 삶의 다음 단계로 잘 넘어갈 수 있지 않을까, 라고 생각했다.

오쓰는 언젠가 력사가 우리 '가족'이라고 말했지만, 오쓰가 생각하는 가족과 내가 생각하는 가족이 백 퍼센트 동일한 의미는 아닐지도 모른다. 오쓰는 혼란스러워하는 나에게 어느 날 갑자기 력사를 기리는 게 불편하거나 싫어지는 날이 온다면 자기가 꼭 먼저 이야기할 테니 걱정하지 말라고 했다.

사람들의 삶은 하나같이 각양각색, 각자의 삶은 각자의 삶의 맥락에 따라 다르게 구성된다. 너무나 당연한 말이다. 물론 어떤 이는 여전히 내가 살아가는 방식이 이해되지 않고 싫거나 불편할 수 있다. 하지만 나는 더 이상 어떤 식으로든 내 삶을 숨기며 살고 싶지 않다.

삶의 새로운 국면이 곧 시작될 것이다. 늘 그랬듯, 그저 충실히 고민하고 준비하며 살아갈 것이다.

우리 결혼할까요

생각해보면, 나는 늘 결혼을 하고 싶어 하는 편이었다. 남자를 만날 때도, 여자를 만날 때도 그랬다. 내 모든 것을 보여주고 나눌 수 있는 관계, 모두에게 인정받는 관계를 만들고 싶었다. 그래서일까, 연애를 하면 가족들에게도 그 사실을 숨기지 않았다. 그러다 보면 어느새 가족뿐 아니라 모든 친족이 내가 연애한다는 사실을 알고 있음을 발견하게 되었다.

그러한 태도가 변하기 시작한 것은 내가 시스젠더 헤테로섹슈얼남성[5]을 만나지 않게 된 이후였다. 가족들에게 어떻게 커밍아웃해야 할지, 내가 커밍아웃하면 가족들이 받아들일 수 있을지, 무엇보다 내 파트너가 커밍아웃을 원하는가를 고민하다 보면, 아무 말도 할 수 없게 되었다. 사실 나는 내가 맺고 있는 관계를 숨기고 싶지 않았다. 내가 기쁘고 슬플 때, 아프고 어려울 때 나의 파트너가 당연히 내 옆에 있을 수 있기를 바랐다. 우리가 함께 고민하고, 함께 결정하고, 함께 삶을 만들어나갔으면 했다. 당연히 그에 따

5 성별 정체성과 성적 지향에 관련된 용어로, 태어나서 지정된 성별과 자신의 성별이 일치하며, 이성에게 끌리는 성적 지향을 가진 남성을 이야기한다.

르는 의무도 함께 나누면서. 커밍아웃이 그걸 가능하게 할 거라고 생각하던 때도 있었는데, 지금 와 내가 원하는 바를 종합해보면 결국 결혼이었던 것 같다.

결혼하고 싶다, 결혼해야겠다는 열망이 한층 부풀게 된 것은 역시 력사의 투병과 사별을 겪으면서였다. 물론 력사랑 연애하는 동안에도 나는 가족들에게 꾸준히 에둘러서 피력해왔었다.

"고양이도, 력사도, 동네 친구들도 나한테는 다 식구야."

"식구가 뭐야? 자주 만나고, 서로 걱정하고 챙겨주고 삶을 나누면 그게 식구지."

"나는 애랑 평생 살 거야." 등등.

하지만 역시 표현이 명확하지 않아서였는지 부모님은 우리를 그냥 좋은 친구라고만 생각했다. 세상에 제주를 제 집처럼 드나들고, 허구한 날 한 명하고만 붙어 있는데 그걸 친구라고 생각하다니! 부모님의 상상력 부족에 분통이 터졌지만, 그때는 딱히 무엇을 할 생각을 하지 않았다.

꼭 내가 두려워서만은 아니었다. 벽장 레즈비언이었던 력사는 몇몇 친구들 외에는 누구에게도 커밍아웃을 하고 싶어 하지 않았으니까. 성소수자인권활동가의 애인으로 살면서 이미 스트레스를 많이 받고 있는 줄 알았기에 그 이상을 요구할 수는 없었다. 그저 한 번씩 투덜대며 우길 뿐이었다. "야, 동성혼이 합법화되면 한 500번째, 1000번째쯤에는 엄청 티 나지도 않을걸? 그때는 혼인신고 하기다!"

력사에게 난소암이 발병하고 난 후, 나는 본격적으로 력사의 보호자로서 행위하기 시작했다. 병원에 항상 동행했고, 병의 진행과 치료 방향을 같이 논의했다. 가발을 사는 것부터 몸 구석구석을 살피는 것까지 모두 내 몫이었다. 그때 새삼 깨달았던 것 같다. 우리의 관계는 이미 '부부 같은 것'이었다고. 그래서 엄마에게도 더더욱 힘주어 "내가 력사 보호자"라고 이야기했다. "주 돌봄자"라는 단어도 사용했다. 우리는 '부부 같은 것'이니까, 나의 가족도 력사의 상황을 잘 알고, 관심을 갖고, 참여해야 한다고 생각했기 때문이다. 엄마는 그렇구나, 정도로 반응했을 뿐이었다. 그래도 나는 엄마가 이제 이 상황을, 우리 관계를 이해하기 시작했을 것이라고 생각하고 싶었다. 하지만 정말 그런지 다시 한번 확인하지는 않았다. 엄마가 혹시나 몰랐다거나, 싫다고 말할까 봐 너무 두려웠기 때문이었던 것 같다.

그러면서 화가 늘어났다. 병원에서 나를 력사의 친구라고 이야기해야 한다는 게, 나를 좋은 친구라 확신하며 고마워하고 미안해하지만 막상 무슨 일이 생기면 모든 권리를 가져갈 력사의 가족이, 그렇기 때문에 끊임없이 그들의 눈치를 봐야 하는 상황이, 나를 력사의 보호자로 인정하지 않는 세상이 너무 싫고 서러웠다.

력사가 점점 마지막을 향해 가며 마침내 떠났을 때에는 그 모든 것이 정점에 달했다. 유산에 대한 권리 따위는 바라지도 않았지만, 유품을 정리하는 것조차 눈치를 봐야 하는 현실이 싫었다. 집을 정리하면서 우리의 추억을, 퀴어로서의 력사를 보여주는 모든 물건을 몰래 챙기고 필사적으로 숨기고 있는 내가 비참했다. 력사 옆에서 십수 년을 함께했는데, 나에게 남은 권리는 호의를 기다릴 권리밖에 없다는 것이 너무 서러웠다. 그리고 이미 죽은 사람임에도 그의 결심을 지켜주겠다고 여전히 좋은 친구인 척하고 있는 나 자신도 너무 싫었다.

그래서 그때 굳게 결심했다. 다음 사람을 만나면 꼭 결혼을 하겠노라고. 더럽고 치사해서, 세상 사람들이 다 알게 떵떵거리면서 결혼할 거라고 다짐하고 또 다짐했다.

그래도 내가 이렇게 빨리 결혼하게 될 줄은 몰랐

다. 오쓰랑 연애하고 동거를 시작하여 일 년여를 함께 살아가면서 이 사람과 함께라면 더 나은 미래를 꿈꿀 수 있겠다는, 결혼하는 사람들이 흔히 한다는 그 뻔한 생각을 하게 되었다. 그래도 잘 만나다가 언젠가는 결혼해야지, 라고 막연히 생각했을 뿐이었는데! 심지어 오쓰는 이전에는 결혼을 생각해보지도 않았다고 했다. 그런데 나를 만나 줄지에 고등학교 친구들 중에 제일 먼저 결혼하는 사람이 되어버렸다.

다시금 강조하지만, 이렇게 빨리 결혼하려던 건 아니었다. 한국은 아직 동성혼이 합법화되지 않은 상황이고 오쓰는 학생이었기에, 그저 우리의 결혼을 상상할 뿐이었다. 천천히, 하지만 구체적인 형태로. 오쓰가 졸업하고 안정적인 직장을 얻고 나면 그때 상황을 봐서 언약식 같은 걸 할 수 있지 않을까? 활동가로서 결혼식을 한다면 주변에 많이 알려야지. 우리 결혼을 운동의 일환으로 가져가는 몇 가지 전략들도 있을 것이라며 깔깔 웃었던 것뿐이다. 우리가 처한 현실은 여전히 열악했고, 어엿하다고 일컬을 수 있는 결혼식을 하려면 시간이 더 많이 필요하다고 생각했다.

그런데 갑작스럽게 기회가 찾아왔다. 절친한 외국인 활동가 친구 샤벨이 영국인 파트너와 파트너십을 맺는다며 우리를 런던에서 열리는 예식에 초대한 것이다. 그는 레바논 출신 활동가로 취업비자를 받아 영국에서 생활하고 있었다. 처음엔 별생각 없이 친구가 결혼(같은 것)을 한다니 가겠다고 했다. "그도 외국인인데 영국에서 결혼(같은 것)을 하네? 신기하다!"로 시작된 오쓰와의 수다는, "샤벨네가 한다면 우리도 할 수 있는 거 아닐까?"로, 나아가 "우리도 유럽에 가는 김에 영국에서 결혼식 같은 걸 해보자!"까지 확장되었다. 그리고 점점 구체화되어 순식간에 "외국에서 결혼하고 혼인증명서를 받아 와서 한국에서 사람들에게 축하받는 행사를 열자!"까지 발전되었다.

'불수리증명서'라는 영광스러운 전리품

우리가 함께 살게 되면서 오쓰는 내가 살던 집에 전입신고를 하기로 했다. 전입신고서. 그것이 오쓰와 내가 최초로 함께 이름을 올린 서류였다. 전입신고를 하며 우리는 약간 흥분했었다. 소셜미디어에도 소식을 알리며 아주 신이 났다. 사실 전입신고가 우리를 무슨 관계로 묶어주는 것도 아닌데, '동거인'이라는 그 한 단어가 뭐라고.

그때까지만 해도, 그 후에 우리가 어떤 서류들에 함께 이름을 올리게 될지 상상도 하지 못했다. 그 후라고 해봤자 고작 일이 년이지만, 그 사이에 우리 관계가 얼마나 다이나믹하게 얽혔는가를 새삼 떠올려보게 된다.

2024년 7월, 우리는 혼인증명서에 서명하고 코펜하겐시가 인정하는 부부가 되었다. 그리고 그 직후인 7월 18일, 대법원은 동성 커플 간 건강보험 피부양자 자격을 인정해야 한다는 역사적인 판결을 내렸다. 사실 오쓰와 나는 좀 흥분했다. 대법원이 저렇게 판결했다고 해도, 사실 건강보험의 피부양자 자격을 얻을 수 있는 사람은 많지 않다. 두 명 중 한 명만 직장에 다니고 한 명은 소득이 없어야 하는 등 조건이 있었기 때문이다. 그런데 오쓰는 당시 대학원생으로 건강보험 피부양자의 조건에 딱 들어맞는 사람이었고, 우리는 누구보다 빠르게 저 자격을 취득하기로 결심했다. 판결이 나자마자 국민건강보험공단에 피부양자 자격 신청을 문의했다. 대법원 판결이 난 지 얼마 되지 않았기 때문에 내부 규정을 검토해야 한다는 답변을 받았다. 그 후 두 달을 기다렸다.

기다리는 사이 구청에 혼인신고를 했고 불수리증명서를 받았다. 현재 대한민국에서는 동성혼이 합법화되지 않아 동성 커플이 혼인신고를 해도 수리되지 않는다. 그럼에도 많은 동성 커플이 우리처럼 혼인신고를 하고 불수리증명서를 받는 것으로 혼인신고를 갈음한다. 우리가 모월 모일에 혼인신고를 했었다는 사실을 증명할 수 있게 기록으로 남기는 차원을 넘어, 이 기록이 쌓여 현재 대한민국에 결혼하기 원하는 동성 커플이 얼마나 많은지 보여줌으로써 동성혼을 합법화하는 데에 조금이라도 도움이 되기를 바라는 마음이다.

작년 봄 우연히 영국에 사는 레즈비언(인 스위스인)을 만나 이야기를 나누다가 물어본 적 있다.

"동성혼이 허용된 이후 영국 사회는 어떻게 바뀌

었나요?"

그는 대답했다. "공공기관 사람들은 본인이 원하든 원하지 않든 동성 파트너의 건을 다루어야 했고, 그 과정에서 이런 경우에 대해 더 알게 되었고, 익숙해졌죠."

법이 바뀌면 그 법을 활용하는 사람뿐 아니라, 그 법을 알아야 하는 사람들도 바뀔 수밖에 없다. 그런데 우리나라는 반대다. 사람들은 바뀌는데 법이 바뀌지 않는다.

우리가 혼인신고서를 제출했을 때 구청의 담당 직원은 전혀 당황하지 않았다. 오히려 친절하게 잘 설명해주었고, 좀 미안하거나 민망해하는 것 같기도 했다. 우리가 제출한 서류를 처리하는 십 분도 안 되는 시간 동안 생각했다. '이 별것도 아닌 일이 참 별거다. 그치?' 불수리 사유조차 적혀 있지 않은 (불)수리증명서를 받기 위해 이백 원이나 내야 한다니 왠지 억울하기도 했다.

혼인신고와 함께 오쓰의 건강보험 피부양자신고를 했고, 얼마 지나지 않아 반려되었다는 응답을 받았다. 사유는 "동성 동반자 피부양자 인정기준 관련 대법원 판결을 검토중이므로 기준 마련 이후 별도 통보 예정"이었다. 반려했지만 반려한 건 아니라는 괴이한 이야기. 이미 사실혼 관계에 대한 기준이 있는데 무슨 다른 기준을 만들겠다는 건지, 정말로 그 기준을 만들기나 하려는지 궁금할 따름이었다. 사실혼 관계에 따른 서류를 작성하면서 우리는 두 명의 인우보증서와 덴마크에서 받은 혼인증명서, 그걸 번역한 공증서류, 가족관계증명서를 바리바리 제출해야 했다. 그나마 우리는 혼인증명서가 있어서 공증을 받기가 수월했을 테지만, 혼인증명서가 없는 부부들은 사실혼 관계를 증빙하는 서류를 만들고 공증을 받기 위해 정말 많이 애써야 했을 것이다.

우리와 다른 이들이 건강보험 피부양자신고를 반려당한 사유는 곧 기사화되었고, 그로부터 며칠 지나지 않아 오쓰가 건강보험 피부양자 자격을 취득했다는 연락을 받았다. 부랴부랴 사이트에 들어가 보니, 자격 확인서 취득 내역에 적혀 있었다.

캔디(본인) 오쓰 처(사실혼)

저게 뭐라고 또 좀 울었다. 지난 몇 달, 남들 다 하는 걸 나도 하기 위해 사투를 벌인 기분이었다. 그런데 남들의 반도 하지 못한 것만 같다. 고깟 게 참 별거라서 기분이 참 고까웠고, 신났고, 서러웠다.

몇 달 동안 우리는 혼인증명서, 혼인신고불수리증명서, 건강보험 피부양자 자격 취득서를 획득했다. 국가가 인정한 동성 부부가 된 듯한 기분에 괜히 목에 힘을 넣어보았지만, 우리에게 실제로 주어지는 혜택은 아무것도 없다. 나도 이제 신혼부부인데 세제 혜택은 언감생심, 당연히 청약 가산점도 없다.

오히려 우리는 약간 난감한 상황에 봉착하게 되었다. 대학원생인 오쓰는 매 학기 등록금이 큰 고민이다. 그래서 다양한 장학금을 받기 위해 노력하는데, 장학금을 받기 위해 제출해야 하는 필수 서류 중 하나가 건강보험 납입 금액 증명서다. 보통 결혼하지 않은 사람은 부모님의 건강보험 납입 금액을 증빙한다. 물론 많은 성인이 부모의 재산과 관계없이 살고 있지만, 기준이 그렇다고 한다. 여하튼 오쓰는 이전에는 학교에 부모님의 건강보험 납입 금액 증명 서류를 제출했지만, 이제 오쓰의 건강보험 부양자는 나다. 내 이름으로 된 건강보험 납입 금액 증명 서류를 떼서 제출할 수는 있지만, 그때부터는 또 우리 관계를 알리고 증빙해야 한다. 그리고 증빙한다고 해서 우리 관계를 인정해줄 것인가는 또 다른 문제다.

우리는 부부로서 관계 맺기로 결심했고, 여러 방법으로 사회에 이를 알리고 증빙을 받았다. 우리는 부부로서 서로에게 책임을 다하고 싶고, 우리가 속한 이 사회에 대한 의무를 이행하면서 또 마땅한 권리를 온전히 누리고 싶다. 하지만 이 사회는 우리에게 어떤 의무도 권리도 허락하지 않고 있다.

우리는 서류로 증명되는 관계를 원한다. 서류로 증명되는 관계란, 단순히 우리 두 사람의 이름이 한 종이 위에 올라갈 수 있는 것 그 이상이다. 그 서류를 시작으로 사회의 공적인 권리를 똑같이 누릴 수 있기를 원한다. 내가 공식적으로 오쓰의 배우자가 되는 것은 그의 학자금 대출에 대한 책임을 내가 함께 지겠다는 의미이기도 하며, 만약 나에게 연금이 있다면 내가 죽은 후에는 당연히 오쓰가 그 연금의 수령인이 되어야 한다는 것이다. 여전히 이게, 그렇게 큰 욕심인가?

가족, 그리고 커밍아웃

난 사랑을 많이 받고 자랐다. 우리 엄마 아빠는 친구들 중에 빨리 결혼한 편이었기에, 부모님의 친구들은 나를 첫 조카로 예뻐했다고 한다. 친가 할머니와 함께 살거나 가까이 살아서 사랑을 많이 받았고, 외가와도 가까워서 크는 내내 왕래가 끊이지 않았다. 이모들과도 대부분 허물없이 가까이 지냈다.

그랬음에도 처음엔 이 결혼에 혈연 가족을 초대할 생각을 하지 않았다. 나는 반올림하면 이십여 년을 성소수자인권활동가로 살아왔지만, 그때까지 부모님에게 커밍아웃을 하지 않았다. 대학원을 다닐 때 엄마한테 스리슬쩍 던진 적이 있다.

"언젠가 내가 여자친구를 데려갈 수도 있음!"

그때 엄마는 "그냥 혼자 살아!"라고 대꾸했고 나는 크게 좌절했다. 그래도 이후에 력사를 만나면서 간간이 "나는 력사랑 살 거야" "력사랑 나는 서로에게 보호자다"라고 말했고, 그때마다 엄마가 딱히 부정적인 반응을 보이지는 않았기에, 나는 엄마가 우리 관계를 알고 있다고 생각하곤 했다. 엄마에게 내가 일하는 단체에 대해서도 이야기해왔고, 엄마도 어느 순간부터 성소수자 관련 뉴스가 나오면 나에게 이야기해주기도 했기에 나는 엄마가 당연히 좋은 앨라이 엄마가 되었다고 생각했다. 하지만 웬걸, 엄마는 나를 그냥 성소수자단체에서 일하는 착한 헤테로섹슈얼이라고 생각하고 있었다.

력사가 사망하고 나서 내가 제일 먼저 전화한 사람은 엄마였다. 엄마는 나를 위로해줬고, 나는 내심 궁금했다. 엄마가 력사의 장례식에 와줄까? 엄마는 오지 않았고 난 고민했다. 어쩌면 엄마가 우리 관계를 알아서, 그래서 더 올 엄두를 못 냈던 건 아닐까? 실은 엄마가 정말 아무것도 모른다는 사실을 알고 있었다. 하지만 아는 것과는 별개로 믿고 싶지 않았다. '나는 십수 년 동안 끊임없이 말하고 있었는데, 엄마가 어떻게 모를 수가 있어. 당연히 알아야지. 알고 있어야만 해'라고 빌고 빌었다.

여하튼 엄마는 장례식에 오지 않았다.

결혼식을 준비하면서도, 우리 결혼식은 친한 주변 사람들을 부르는 행사라고 생각하고 있었다. 그런데 갑자기 엄마 생각이 났다. 내가 결혼하는 이유가 무엇인가. 우리 관계를 세상이 알기를 바라서인데, 내 가족이 모른다니? 그렇게 생각하니 엄마가 반드시 우리 결혼식에 와주었으면 싶어졌다. 나는 꼭 엄마에게 축복받고 싶었다.

오쓰는 이런 전개를 전혀 생각해보지 않았다. 오쓰는 본인의 정체성을 숨기며 살지 않았다. 부모님도 성소수자에 대한 최소한의 지식 정도는 가지고 있는 분들이었고, 그래서 나와 연애하고 동거를 시작할 때도 우리 관계를 궁금해하며 물어보시기도 했다. 하지만 그때는 어디까지나 사생활이라 생각했기에 우리 관계에 대해 전혀 공유하지 않았다. 그게 부모님 입장에서는 우리가 당신들이 내민 손을 마주 잡지 않고 벽을 친 것처럼 느껴졌을 수도 있었을 것이다.

얼마간 고민한 끝에, 우리는 결혼 소식을 각자의 집에 알리기로 결정했다. 이미 결혼식 날짜와 장소가 정해진 후였다. 결론부터 말하자면, 오쓰네는 부모님과 남동생, 이모들의 가족이, 우리는 엄마와 동생, 외삼촌네 가족이 결혼식에 참석해주었다.

오쓰네 부모님은 연애한다는 것을 알려주지도 않고 결혼식부터 일방적으로 알리는 것을 불편해하셨지만, 이내 자식의 독립적인 성격을 이해하며 동성 결혼이라는 상황을 받아들여 주셨다. 처음엔 결혼식에 참석하는 것 자체도 고민하셨는데, 종내엔 친가와 외가 형제자매들에게 결혼을 알리셨고, 그중 오실 수 있는 분들은 참여해주셨다. 결국 자식의 일이기에 그러셨으리라.

우리 집의 경우는 약간 더 복잡했다. 우리 부모님은 오쓰네 부모님보다 나이가 많고, 이 결혼을 반대할 수도 있다고 생각했기에 고민했다. 하지만 만약 반대한다 해도, 다시는 나를 안 보고 살겠다고 한대도 내가 감내할 수밖에 없다는 결론에 도달했다. 그럼에도 반대를 최소화하기 위해서 약간 전략을 짰다. 내가 부모님께 결혼을 알린 것은 7월 중순이었다. 즉 덴마크에서 혼인신고를 하고 돌아온 이후였으며, 결혼식을 한 달 남짓 앞둔 시점이었다. 난 부모님께 혼인신고서를 들이밀며 통보했다. '난 오쓰랑 결혼했고, 서울에서 결혼식을 할 예정이다.' 그렇게 말하면서 엉엉 울었다.

부모님은 약간 당황했다. 갑자기 통보를 받아 당혹스러운 쪽은 본인들인데 도리어 딸내미가 울고 있는 것도 당황스러웠고, 뭐라고 대답해야 할지도 모르겠어서 당황스러웠다. 엄마는 나이 먹은 딸이 혼자 살지 않는다니 다행스럽지만, 결혼식까지 하는 것을 어찌 생각해야 하는지는 모르겠다고 했고, 아빠는 일단 내 선택을 존중한다는 태도를 보였다.

그러나 이후 한 달 동안 상황은 매일매일 바뀌었

다. 아빠는 결혼식에 참석하지 않겠다고 했다. 매일 이런저런 고민을 하던 엄마는 결혼식에 참석하겠다는 의사를 밝히는 것에서 시작하여, 그다음에는 한 이모에게, 그그다음에는 또 다른 이모에게 알렸다고 전해 왔다.

우리는 커밍아웃이 별것 아닐 거라고 생각했다. 오쓰는 직접 공표하지는 않았지만, 가족들이 이미 오쓰의 성적 지향을 알고 있었고, 나는 가족 외에는 거의 오픈리 퀴어의 삶을 살아왔기 때문이다. 하지만 커밍아웃은 생각보다 별것이었다. 커밍아웃한 후 오쓰는 세상에 더 이상 두려울 것이 없는 기분이라 했고, 나 또한 비슷했다.

어쩌면 혈연 가족에게 나를 알리고, 그들이 내가 선택한 '내 가족'과 서로 가까워졌으면 하는 마음은 나 자신을 좀 더 아끼고 예뻐해주고 싶은 마음에서 비롯되는 게 아닐까 싶기도 하다. 두려워하며 나를 부정하거나 숨기려 하는 마음들을 덜어내고 좀 더 자긍심을 가지고, 좀 더 나다운 삶을 찾아가는 방법. 내가 잃을까 가장 두려워했던 사람들이 내 편임을 확인하고 나니 더 이상 아무 거리낌도 없었다. 그것이 커밍아웃이 주는 자유였던 것이다.

연애 이상의 관계를 만들어가기 시작하면서, 그리고 '내 가정'을 이루면서 나는 내 원가족을 좀 더 생각해보게 되었다. 물론 커가면서 가족 안에서 다양한 역동을 겪었다. 당연히 화를 내고 언성을 높이며 싸우기도 했다. 그래도 우리는 여전히 가족이었다. 가족은 짜증을 유발하고, 가끔은 귀찮았지만, 그래도 고마웠고, 종종 미안했고, 이따금 보고 싶었고, 가뭄에 콩 나듯이 귀엽고 사랑스럽기도 했다. 그래서였을까, 우리는 '가족'이라 불리는 이 공동체를 꽤나 유지하고 싶었던 듯하다.

이 글을 쓰고 있는 시점의 윤캔디는 이미 기혼자다. 결혼식 이후로 우리는 가족들을 더 자주 만나며 산다. 자꾸만 '이것이 커밍아웃을, 동성 결혼식을 한 대가인가'라는 생각이 들지만, 우리는 이 또한 우리 삶으로 받아들이기로 했다. 가끔은 귀찮고 짜증 나지만, 또 가끔은 함께여서 즐거운 것이 가족이라고 하는 울타리임을, 그리고 우리 부부가 그 울타리 안에 가족이라는 이름으로 함께하는 것 자체가 기존 사회의 가족 범위에 균열을 내고, 그 범위를 확장하는 것임을 잊지 않기로 했다.

추신. 커밍아웃 이야기를 하거나 쓸 때마다 많이 고민한다. 커밍아웃은 개인이 선택할 문제다. 당연히 옳고 그름도 없고, 커밍아웃하는 게 반드시 더 좋은 것만도 아니다. 하지만 늘 어떤 결과는 좋은 예시로 전시되며 누구나 저런 결과를 만날 수 있을 거라는 식으로 읽히기도 한다. 꼭 그렇지는 않다. 난 결혼이 아니었다면 부모님께 커밍아웃하지 않았을 수도 있다. 나는 그저 운이 좋았던 것뿐이다. 어쩌면 난 부모님과 절연할 수도 있었다. 커밍아웃한다는 것은, 거기에 어떤 결과가 따르든 받아들이고 살겠다는 결정일 뿐이다.

두 번의 결혼식

앞서 우리가 우연한 계기에 다소 즉흥적으로 결혼을 결심했다고 했다. 오쓰의 학업이나 커밍아웃 정도 등을 고려하여 우리는 결혼식까지는 어렵겠고 '혼인 파티' 같은 것이 어떨까 상상했다. 그런데 또 한참 이야기를 나누다 보니 욕심이 생기는 거다.

"이왕 큰마음 먹고 하는 거 혼인 파티 '같은 것'을 할 바엔 진짜 결혼식을 하자. 어느 정도 비공개로 하면 가능하지 않을까?"

결정은 순간이었지만, 그 과정은 녹록지 않았다. 아무리 찾아도 영국에 관광객으로 가서 결혼식을 했다는 사람을 찾을 수 없었고, 간혹 있다고 해도 대부분 영국인과 결혼한 경우였다. 알고 보니 영국은 결혼식을 하려면 혼인비자를 받아야 해서, 생각보다 외국인이 결혼하러 가기에 쉽지 않은 나라였다. 하지만 우리는 '이미 결심했으니 어떻게든 해낸다!'라는 심정으로 전 유럽을 뒤지기 시작했다.

익히 알려진 바와 같이 동성혼은 유럽 많은 나라에서 합법이다. 하지만 검색할수록 우리의 결혼식은 어려워져만 갔다. 유럽에서 동성혼이 합법인 국가들 중에서도 관광객이 결혼할 수 있는 나라를 찾아야 했고, 우리가 그나마 구사할 수 있는 언어는 영어뿐이니 영어로 소통할 수 있는 나라여야 했다.

그렇게 선택한 나라가 덴마크였다. 앞서 말했다시피 영국은 혼인비자를 따로 받아야 했다. 이외에도 관광객이 결혼할 수 있는 나라들은 많았지만, 영어로 결혼 절차를 진행할 수 있는 나라가 몇 되지 않았다. 그마저도 온라인 혼인신고 접수가 불가능할 뿐더러, 수주에서 수개월이 소요되었다. 그나마 가장 빠르게, 영어로 혼인신고를 진행할 수 있는 나라가 덴마크였다. 실제로 그런 이유 때문에 독일이나 다른 나라에서 덴마크로 혼인신고를 하러 오곤 한다는 사실을 나중에 알았다.

그리하여 영국에 가서 남의 결혼식(같은 것)에 참석하려던 우리 계획은 생각지도 못했던 '레고의 나라' 덴마크까지 넓혀졌다. 결혼식과 혼인신고에 필요한 자료를 찾기가 쉽지는 않았다. 우리는 영어 실력이 훌륭하지도 않았을 뿐더러, 그때는 지금처럼 AI가 활성화되지도 않았기 때문에 나는 번역기를 끊임없이 돌려가며 혼인신고 방법을 찾아야 했다. 결국 대행업체를 통하기로 결정했다. 물론 스스로 진행하는 것보다 돈이야 좀 더 들겠지만, 가뜩이나 멀고 말도 통하지 않는 외국에서 결혼하는데 다른 문제까지 생기는 상황은 원하지 않았기 때문이다. 업체는 결혼식 서류 신청부터 원하는 날짜 예약까지 도와주었고, 날짜가 확정된 후에는 웨딩 화장이나 꽃, 촬영에 대해서도 안내하며 이 결혼식을 '좀 더 어엿하게' 만들어가도록 우리를 부추겼다.

영국에서 친구 샤빌의 파트너십 행사에 참여하고 얼마 후 덴마크로 넘어갔다. 우리가 잘 준비한 걸까, 긴장되기도 했지만 '뭐 어떻게든 되겠지' 생각할 수밖에 없었다.

그런데 덴마크에서의 결혼식은 행복했다. 그래도 명색이 결혼식이고, 웨딩 촬영까지 결정했으니 바리바리 싸 들고 간 결혼 예복도 크게 활약했다. 우리 숙소에서 결혼식이 열리는 코펜하겐시청까지는 걸어서 십 분 거리였다. 그래서 우리는 웨딩드레스와 수트를 입은 채로 걸어가기로 했다. 그렇게 졸지에 계획에 없던 '결혼 퍼레이드'를 하며 코펜하겐 시내를 걷는 짧은 시간 동안, 거리에 있는 수많은 사람에게 축하를 받았다. 우리가 누구인지, 무슨 사연으로 여기에 있는지 전혀 모르는 사람들이 우리를 향해 박수 쳐주며 축하한다고 인사를 건넸다. 태어나서 처음 받아보는 종류의 환대였다.

시청에서 결혼식을 진행해준 주례자는 여자였고, 증인이 되어준 이들도 여자였다. 따뜻한 환대와 축하 속에서 기념 삼아 하려던 결혼식은 신성한 혼인 서약을 나누는 순간이 되었고, 나는 눈물 콧물 다 쏟는 신부가 되었다.

'아, 이건 정말로 장난이 아니야. 우리는 신성한 맹세를 한 거야. 이렇게 환영받고 축하받아야 하는 것이 바로 결혼이구나!'

이후의 웨딩 촬영도 환영과 환대라는 단어의 참뜻을 깨닫는 시간이었다. 사진 작가님은 우리가 동성 커플임을 완벽하게 인지하고 이해하고 있었고, 우리 결혼을 축하하며 환대해주었다. 웨딩 사진을 찍는 동안 거리의 모든 사람이 우리를 축하했다. 운하에서 사진을 찍을 땐 배에 타고 있던 사람들이 환호성을 질러주기도 했다. 내 나라 밖에서 우리 존재가, 우리 결혼이, 우리 행복이 '정말로 괜찮다고' 느끼는 경험은 너무나 특별했다.

이제 우리에게는 또 한 번의 결혼식이 남아 있었다. 바로 한국에서의 결혼식. 코펜하겐에서 환대받았던 경험으로 자신감을 안고 돌아왔지만, 한국의 결혼식은 해외의 그것과는 또 많이 달랐다. 이 결혼식은 양가 친척과 지인, 친구 들이 모두 모이는 결혼식이었다. 우리가 한국에서도 결혼식을 하기로 결정했던 것은 우리가 아는 사람들에게 축복받는 경험을 해보고 싶었기 때문이었다. 결혼식에서만 받을 수 있는 그 무조건적인 축복과 응원과 지지, 모두가 우리만을 바라보며 우리의 안녕을 바라는 순간을 호흡하고 싶었다. 그런 사랑을 한꺼번에 받는 경험을 해보고 싶었다. 우리의 혈연 가족들에게도 그 행복한 모습을 보여주고 싶었다. '우리가 결혼하는 것은 괜찮은 일이고, 하나도 걱정할 필요 없는 일이야. 그러니까 가족들도 기뻐하면서 축하해도 돼'라는 메시지를 전하고 싶었다.

물론 처음부터 이렇게 대단한 계획은 아니었다. 처음엔 혼인신고하고 온 기념으로 뒤풀이 파티를 하는 정도로 계획했었다. 가까운 친구들만 불러서 조촐하게 즐기려고 했는데, 처음부터 난관에 봉착했다. '가까운 친구'란 무엇인가? 그 범위부터가 문제였다. 둘이 함께 하객 명단을 작성하기 시작했다. "오십 명만 부를까? 아니 백 명?" 그러던 와중 한 친구에게 당혹스러운 질문을 받았다. "나는 결혼식에 초대받을 수 있어?" 이 친구는 당연히 명단에 들어가 있었지만,

그때부터 현실을 깨닫게 되었다. 아, 고맙게도 우리에게는 우리를 사랑하는 친구들이 참 많구나. 마음을 태평양만큼 넓게 열고 핸드폰을 살펴가며 명단을 짜기 시작했다. 오십 명, 백 명, 이백 명… 명단은 끝도 없이 길어졌다. 그렇다. 우리는 스몰 웨딩을 하고 싶어도 할 수가 없는 사람들이었다.

웨딩 플래너로 일하는 친구를 만나 급하게 상담을 받았다. "예식장이 아니었으면 하는데, 식사는 대접하고 싶어. 수백 명이 들어갈 수 있는 공간이 있을까? 금액은 당연히 가급적 저렴했으면 좋겠어." 친구는 우리에게 '결혼식 비용은 축의금으로 갈음할 수 있다'며 좀 더 '판'을 키워보라고 조언해주었다. 그리고 고심에 고심을 거듭한 후에 한 성소수자 단체에서 행사를 했던 레스토랑을 추천해주었다. 밝으면서 퀴어한 분위기가 가득한 레스토랑이었다. 염치 불구하고 단체 담당자님들께 도움을 구해 레스토랑에 연락했다. 긴장했던 마음이 무색하게도, 레스토랑은 우리를 환대하며 대관을 허락해줬다.

결혼식 장소를 결정하며 한숨 돌리는가 싶었지만, 진짜 큰 문제는 이제부터였다. 공장식 결혼과 달리 '셀프 웨딩'은 장소 꾸미기부터 전체 진행까지 모두를 우리가 결정하고 준비해야 했으니까. 우리는 곁에 있는 '행사 전문가' 즉 친구들을 '(가)결혼식 기획단'으로 섭외했다. 하지만 결혼식 준비는 생각만큼 빠르게 진행되지 않았다. 2월에 결혼을 결정하고서 4월에 장소를 확정하기까지 2개월이 걸렸으니, 8월 결혼까지 남은 시간은 단 4개월뿐이었다. 그런데 우리는 4월부터 활동 성수기에 접어들어 바쁘고, 바쁘고, 바빴다. 게다가 그 4개월 중 거의 한 달은 유럽에 머물 예정이었으니, 사실상 남은 시간은 얼마 되지 않았던 것이다.

친구들은 '너희 발등에 불이 떨어졌다'며 현실을 자각시키고 우리를 재촉하여 일이 진행되게 해주었다. 우리도 부랴부랴 결혼 준비를 시작했다. 고맙게도 친구들이 결혼식 현장에서의 진행을 맡아주겠다고 했지만, 그럼에도 청첩장을 만들고, 현수막을 주문하고, 부케를 주문하는 등의 일은 우리가 직접 해야 했다. 그렇게 뜨거운 여름이 지나가고 있었다.

그해 여름에 우리는 각자의 집안에 커밍아웃을 했고, 가족들이 와주기로 하면서 결혼식 규모는 더 커져만 갔다. 주변에서 매우 든든하게 지지하고 지원해주어서 다행이었다. 우리는 여러 분께 사회와 축사, 축하 공연을 부탁드렸고 모두들 흔쾌히 기쁘게 승낙해주셨다. 기획단 친구들은 큐카드까지 만들어가며 우리가 놓치고 있었던 것들을 꼼꼼히 챙겨주었고, 각자 지난 행사를 통해 얻은 노하우를 모두 쏟아부었다. 정말 고맙다. 손이 부족하면 각자 주변에서 도움을 받아 보충하기까지 했으니까.

그렇게 준비한 결혼식은 다시는 하고 싶지 않을 만큼 힘들었지만, 행복했다. 오직 우리를 축하하기 위해 수백 명이 모였고, 우리는 우리가 사랑하는 디즈니와 픽사의 애니메이션 〈라바〉의 주제가가 흘러나오는 가운데 입장했다. 우리를 사랑하는 선생님과 친구, 가족 들이 축사를, 나의 오랜 공동체 살림의료복지사회적협동조합의 훌라팀이 축하 공연을 해주었다. 축가는 오쓰의 친구와 교회 공동체가 맡아주었다.

오쓰는 개신교인이다. 신앙이 독실하고 교회 생활에도 열심인 그와 결혼을 이야기하면서 가장 고민했던 부분은 '교회에 알릴 것인가'였다. 교회의 몇몇은 이미 오쓰의 성적 지향과 나랑 동거하고 있다는 사실을 알았지만, 우리가 결혼한다고 알리는 것은 또 다른 문제라는 생각이 들었다. 많이 고민한 끝에 오쓰는 교회에 결혼 소식을 알렸고, 교회 구성원들은 우리를 축하하며 축가를 하겠다고 제안해 왔다.

우리의 퀴어 커뮤니티와 오랜 친구, 혈연 가족, 교

회 구성원 들까지 모이면서 결혼식은 정말 커다란 화합의 장, 축하의 장이 되었다. 축하 공연들은 감동적이기 그지없는 응원이었으며, 축사를 맡아주신 분들은 우리에게 축하를 전하며 가족들에게는 안심해도 된다는, 정확히 필요한 그 말을 건네주셨다. 한국에서 결혼식을 하면서, 우리는 혼인증명서를 받았을 때보다 더 강하게 깨달을 수 있었다. '우리가 정말로 결혼하고 있구나. 이 결혼이 내가 속한 사회에서 받아들여지고 있어.' 무엇보다 삶의 큰 자산을 얻은 기분이었다.

그렇게 우린 모두의 축복 속에서 결혼했다. 부부가 되었다. 딱 우리가 원하던 바로 그 모습으로.

그리고, 나는 여전히 살아간다

결혼을 앞두고 력사의 3주기를 맞았다. 지난 1주기, 2주기 때와 같이 친구들과 함께 력사를 찾아갔다. 일전에 친구들과 이야기했다. 당연히 우리는 력사를 오래오래 함께 기억하겠지만, 공식적으로 다 같이 력사를 찾아가는 것은 3주기까지로 하자고. 그래서 이번 3주기 행사는 우리 친구들에게 좀 특별하고 다양한 감정이 드는 시간이었다.

나는 처음에는 여느 때와 다를 것이 없다 싶었다. 친구들과 함께하지 않아도 나랑 오쓰는 오는 추석에도, 력사 생일에도, 설날에도 력사를 찾아갈 것이었다. 력사는 우리 가족이니까. 하지만 이번에는 다르다 느낄 수밖에 없었던 것은 아무래도 인생의 큰 변화를 앞두고 있기 때문이었을 것이다.

양평에 가기 전에 혼자 속으로 여러 번 생각했다. '가서 력사한테 뭐라고 말하지?' 그냥 말하지 말까 생각하다가, '아니야. 말 못 할 이유가 뭐야?' 생각하기도 했고, 그러다 다시 '굳이 말해서 뭐 해'로 돌아가는 시간들이었다. 결국 력사나무 앞에 앉아 가져간 음식을 차려놓고 먹으며 이야기를 나누다가 툭 던져버렸다. "나 결혼해. 옆에 있는 이 사람이랑."

괜히 "네가 꿈에 나타나 축하해주면 좋겠다"라고 주접을 떨다가, 나중에 혼자 력사 앞에 앉아서는 좀 울었다. 왜 눈물이 나는지는 도무지 모를 일이었다. 력사가 가고 나서 다시 연애를 하겠다고 결심했을 때도, 정말로 연애를 하게 되었을 때도 괜히 눈물이 났다. 오쓰랑 이야기하다가 죄책감을 견딜 수 없다며 울었던 적도 여러 번이었다. 내가 잘 살고 행복한 것은 전혀 미안할 일이 아닌데, 내가 잘 살고 행복한 것이 왠지 미안해서 눈물이 났다. 왜 이렇게 불쑥불쑥 미안함과 서러움이 치솟아오르는 걸까. 이성적으로 납득할 수 없는 일이다. 아니 너무나 당연한 일인지도.

우리가 결혼한 지도 일 년이 훨씬 지났다. 그동안 장례식에 몇 번, 결혼식에 몇 번 다녀왔다. 우리는 다행히 아직 인간 둘 고양이 둘의 삶을 유지하고 있다. 그런데 얼마 전부터는 첫째 고양이 꿈냥이가 많이 아프다. 신부전 4기도 넘는다는 진단을 받았다. 우리는 아침저녁으로 몇 시간에 걸쳐 꿈냥이에게 약과 밥을 먹이고 수액을 맞게 한다. 우리의 모든 하루는 고양이를 중심으로 흘러가며 고양이로 시작해서 고양이로 끝난다.

고양이를 돌보는 일은 즐겁지 않다. 고양이는 억지로 밥을 먹는 게 싫고, 커다란 알약을 먹는 것은 너무나 싫다. 캔디와 오쓰는 더 이상 맛있는 사료를 주지 않고, 맛대가리 없는 사료를 먹이려고 애를 쓴다. 우리는 일견 불행하기도 한 이 일상이 불행하지 않은 것임을 매일 확인하며 살아간다. 그래도 우리 노묘가 아직은 살아갈 수 있고, 억지로라도 이 약과 밥을 먹으면 꿈냥이가 남은 묘생을 고양이답게 살아갈 수 있음을 다행이라 여긴다. 병원에 입원시키지 않고 우리가 돌볼 수 있는 상황이라는 것에 감사하며 하루하루를 살아간다.

주변에는 끊임없이 장례가 생긴다. 그때마다 슬프다. 그리고 우리는 그 슬픔 속에서도 우리가 함께할 수 있는 것들을 계속해서 생각하고, 수많은 다행을 발견한다. 그래도 우리가 장례식을 치를 수 있어서 다행이다, 함께 논의할 친구들이 있어서 다행이다, 장례식의 다음 단계를 서로 알려줄 수 있어서 다행이다. 그렇게 서로를 다독인다.

주변에 결혼식도 계속 있다. 결혼식이란 누군가에게는 스트레스, 누군가에게는 가족과의 관계를 다시 한번 고민하게 되는 계기이기도 하지만, 그래도 우리는 결혼을 축하한다. 누군가의 새로운 시작을 축복한다. 슬픈 일이 아니라 기쁜 일로 함께 모일 수 있으니 이 얼마나 즐거운 일이냐.

퀴어의 삶에도 희노애락이 존재한다. 퀴어의 삶에도 인생 곡선이라는 것이 있다. 똑같이 타인과 관계를 맺고, 다양한 이유로 그 관계를 잃고, 또 다른 관계를 맺고, 그 관계들과 함께 살아가며, 희노애락을 겪는다. 어떤 이는 태어나고, 어떤 이는 죽는다. 너무나 당연한 삶의 과정들이다.

그럼에도 성소수자의 삶은 늘 어느 한쪽에 치우친 모습으로 그려지는 것만 같은 느낌을 받곤 한다. 많은 퀴어가 언제나 '보통'의 삶을 살아가는데, 언론은 늘 그 보통 중에서도 극단적인 슬픔이나 남다른 기쁨에만 주목하곤 한다. 나의 삶은 보통의 삶이 맞을까? 우리는 종종 모든 삶은 특별하다고 이야기한다. 하지만 한편으로 모든 삶은 또 다 거기서 거기이기도 하다. 비슷하게 기쁘고 비슷하게 슬프다.

난, 그런 이야기를 하고 싶었다. 나도 내 나이대의 다른 이들과 비슷한 삶을 살아가고 있다고. 만나고, 헤어지고, 즐겁고, 슬프게. 당신 옆의 성소수자는 사실은 당신과 너무나 닮았다. 우리는 같은 하늘 아래 살고 있기 때문이다.

나는 내 삶의 일부를 력사의 마지막 순간을 함께할 수 있을지 두려워하며 보냈다. 다행히 력사가 마지막 가는 길에 함께할 수 있었지만, 사랑하는 사람이 임종할 때 곁을 지키고 장례식 때 그의 원가족과 함께 상복을 입고 장례 절차 결정에 참여하는 것이 모두에게 '당연한' 일은 아니다. 나는 운이 좋았다. 그걸 '다행이었다'라고 회상해야 하는 현실은 슬프다.

언젠가 오쓰와 나, 지금의 '우리'에게도 마지막 순간이 올 것이다. 그때는 아무 걱정도 두려움도 없이 마지막 순간을 당연히 함께 보내고 싶다.

당신의 '우리'가 그러하듯 말이다.

※부록

(1) 건강보험 피부양자 신청하기

(2) 덴마크에서 결혼하기

(3) 유언장 쓰기

(4) 사전연명의료의향서 작성하기

(1) 건강보험 피부양자 신청하기

건강보험 피부양자란, 직장가입자에게 주로 생계를 의존하는 사람으로 보수 또는 소득, 재산이 없는 자[6]를 이야기합니다. 일단 직장가입자의 배우자 또는 사실혼 배우자여야 하고요. 더 쉽게 말하자면 한 명이 따로 직장보험에 가입되어 있지 않고, 일 년에 버는 돈이 2천만 원 이하여야 합니다. 현재 한국의 동성 커플은 사실혼 배우자 자격으로 건강보험 피부양자 자격 신청을 할 수 있습니다.

필요한 서류들을 준비한 뒤 국민건강보험공단에 신청하면 되는데요, 직장을 통해 신청서를 내는 것이 아니라 개인이 직접 국민건강보험공단을 방문하거나 홈페이지나 어플리케이션, 우편, 팩스로 신청하면 됩니다. 저는 공단 어플리케이션을 통해서 신청했습니다. 공단에서 직장에 따로 문의 연락을 하지는 않고, 직장에서 신청 내역을 조회할 수 있게끔 되어 있지도 않다고 합니다.

필요한 서류는 다음과 같습니다.

6 　건강보험공단 홈페이지(https://www.nhis.or.kr/nhis/minwon/wb-hapa01000m01.do?mode=view&articleNo=10946887)

- 피부양자 자격(취득·상실) 신고서(국민건강보험공단 홈페이지)
- 가족관계증명서(피부양자가 되려는 사람 기준)
- 당사자 2인의 신분증 사본과 혼인관계증명서(대한민국 법원 전자가족관계등록시스템 출력)
- 동성 동반자 경제적 생활공동체 인우보증서 1부(국민건강보험공단 홈페이지)
- 위 내용을 확인할 수 있는 객관적 증빙서류(청첩장, 결혼식 사진, 공동 생활비 지출이 있는 계좌거래내역 등)
- 인우보증인 2인의 신분증 사본
- 동성 배우자 성립을 증명하는 서류: 당사자 간 관계 형성 의사가 있음을 나타내는 내용과 성립일이 포함되어 있는 사실혼 관계 확인서(형식 따로 없음, 변호사 공증 필요), 해외 혼인증명서(번역 후 번역 공증 필요)

이 중에서 다들 어려워하는 부분이 사실혼 관계 확인서입니다. 형식이 따로 있는 것은 아니고, '사실혼 관계 확인서'라는 제목 아래 두 사람의 인적사항과 모월 모일 사실혼 성립하여 생계를 공유하고 있음을 확인한다는 정도의 내용이 들어가면 되는 것으로 알고 있습니다. 서류를 작성하고 나서 공증사무소를 찾아가서 공증을 받은 뒤 제출하면 됩니다.

저와 오쓰는 덴마크에서 받아 온 혼인증명서를 한 글로 번역하고 공증을 받아 제출하였고요, 추가로 주민등록초본을 제출하여 현재 동거하고 있음을 한 번 더 확인시키기도 하였습니다. 각자 제출할 수 있는 서류의 범위는 다르기 때문에, 현재 상황에 맞추어 서류를 제출하시면 될 듯합니다.

저희는 피부양자로 등록되고 반년 후 오쓰 님이 취직하게 되면서 현재는 피부양자 자격이 취소되고 각자 직장보험에 가입되어 있는 상태입니다. 지난 2025년 9월 《한겨레》는 피부양자 신청 후 일 년이 지난 지금 자격을 유지하는 사람은 열 명에 불과하다는 현황을 보도했습니다. 사실혼 관계에서 건강보험 피부양자 자격을 취득하는 것은 그 자체로도 쉽지 않지만, 소득 변동 및 직장 유무 등에 따라 등록과 상실이 반복될 수밖에 없는 구조이기도 합니다. 동성혼이 합법화되고, 다양한 가족 구성에 대한 법안이 좀 더 만들어진다면 이런 부분도 점점 더 나아지지 않을까 생각해봅니다.

(2) 덴마크에서 결혼하기

　한국의 동성 커플이 혼인증명서를 갖기 위해서는 한국이 아닌 다른 나라에서 혼인신고를 할 수밖에 없습니다. 일단 동성 간 혼인신고가 가능한 나라가 한정적이니 그 안에서 골라야 할 것이고요, 둘 중 한명이 내국인이거나 장기 체류자인 경우에만 혼인신고가 가능한 경우가 있으니 저희같이 관광차 가서 혼인신고를 할 예정이라면 그것도 제외해야 합니다.

　저희는 사용할 수 있는 언어가 영어뿐이라 비영어권 국가들도 선택지에 넣을 수 없었어요. 그런 기준으로 추려내고 나면 사실상 동성 혼인신고가 가능한 나라는 전 세계에 15개국 남짓입니다. 한국분들이 가장 많이 결혼하시는 곳은 아무래도 미국, 캐나다, 호주, 뉴질랜드 등인 듯합니다. 영어를 사용하니 의사소통이 원활하고, 접근성도 좋습니다. 비단 성소수자가 아니어도 한국인들이 비교적 많이 결혼식을 올리는 나라이니 정보도 더 많고요.

　저희가 덴마크를 혼인신고지로 최종 선택한 결정적인 이유는 유럽에서 동성혼이 가능한 나라 중 관광객 신분으로도 혼인신고를 할 수 있고 처리 기간도 가장 짧았기 때문입니다. 유럽에서는 혼인 전에 공고 기간이 있고, 혼인 후 신고서를 발급해주는 데에도 시간이 꽤나 걸리는 편이었습니다. 영국의 경우에는 비자를 받아야 했고, 몰타의 경우 최소 2주 이상은 현지에 거주해야 했습니다. 그나마 그중에 가장 소요 기간이 짧은 곳이 덴마크였습니다. 덴마크는 일단 혼인 서류가 승인되면 예약한 날짜에 결혼식을 하고 당일에 바로 혼인증명서를 받을 수 있었거든요. 이처럼 빠른 절차 때문에 유럽의 다른 커플들도 덴마크에 와서 혼인신고를 하는 경우가 꽤 많다고 합니다. 또한 덴마크의 관공서 서류는 덴마크어 외에도 영어, 독일어로 작성할 수 있었습니다. 꼭 덴마크어를 하지 못해도 결혼할 수 있는 것이지요.

덴마크에서 결혼하기로 결정하고 열심히 이전에 덴마크에서 결혼하신 분들(이성애자 포함)의 사례를 찾았는데요, 거의 찾을 수가 없었습니다. AI도 활성화되기 전이었기에 저희는 무한히 검색하고 번역기를 사용해가며 덴마크에서 혼인신고하는 방법을 알아보았습니다.

덴마크에서 혼인신고를 하려면 덴마크 가족법국(Danish Agency of Family Law, Familieretshuset)에 온라인으로 신청하고 승인을 받은 후 결혼식 날짜를 예약해야 합니다. 이를 위해 미리 준비해야 하는 서류는 아래와 같습니다.

- 여권 사본
- 혼인관계증명서(영어로 발급)
- 공동 거주 증명(주민등록초본 영어로 발급)
- 관계 증명 자료(함께 찍은 사진, 관계를 소개하는 글 등)

이외에도 경우에 따라 이혼/사망 증명서 등을 제출해야 합니다.

서류를 제출하고 수수료(DKK 1,900. 약 40여만 원)를 납부하고 나면 5~10영업일 후 승인이 나고, 이후에 결혼식 날짜를 예약할 수 있습니다. 결혼식 전날 예약한 곳에 가서 서류를 확인한 후, 당일에 결혼을 진행하고 혼인증명서를 발급받으면 완료입니다.

저희는 온라인으로 접수하려다가 혹시나 실수할까 봐 결혼 대행업체를 통해 신청했습니다. 비용은 가족법국 수수료를 포함하여 백만 원 정도 들었습니다. 업체에서 서류를 검토해주고, 가족법국에 신청을 대행해주었으며, 저희가 원하는 날짜에 원하는 장소를 예약해주었습니다. 본래 코펜하겐시청은 외국인 커플에게 결혼식장으로 인기가 매우 많다고 합니다.

그래서 성수기에는 수주에서 수개월까지 기다려야 하는 경우도 생긴다고 하는데요, 3월에 신청을 시작해서 7월 성수기에 결혼할 수 있었으니, 대행업체를 쓰길 잘했다는 생각도 들었습니다.

결혼 당일 가장 걱정되었던 두 가지는 '우리가 주례의 말을 알아들을 수 있을까'와 '증인이 없는데 괜찮을까'였는데요, 주례는 코펜하겐시청 결혼사무소(The Wedding Office, I DO CPH)에 소속된 공무원이 담당해주었습니다. 또 원래 증인으로 18세 이상 성인 두 명이 필요하다는데, 외국인 커플의 경우에는 시청 직원 두 명이 대신 결혼식의 증인이 되어주기 때문에 큰 걱정 없이 진행할 수 있었습니다.

결혼식은 시청 2층의 작은 웨딩홀에서 진행됩니다. 1층 그랜드홀에 앉아 기다리다가 주례가 이름을 부르면 올라가서 결혼식을 진행하게 됩니다. 결혼식은 영어로 진행되며 주례가 결혼의 의미에 대해 짧게 연설한 후 결혼에 동의하는지 묻습니다. 그다음 (원하면) 반지를 교환하고 서류에 서명을 합니다. 오 분 남짓 진행되지만, 경건하고 따뜻한 시간이었습니다.

남다른 결혼식을 원하거나 결혼하면서 유럽 여행도 가고 싶은 분이라면 코펜하겐 결혼식을 강력 추천

합니다. 결혼을 통해 받고 싶었던 환대와 축하를 가득 만끽할 수 있으니까요!

(3) 유언장 쓰기

력사와 함께 유언장을 쓰지는 못했지만, 여전히 유언장은 우리에게 중요한 서류입니다. 유언장을 쓰는 과정을 통해서 나의 현재 상황을 돌아볼 수 있고, 죽음 이후를 상상할 수 있으니까요. 또한 유언장은 굉장히 현실적인 서류이기도 해서요, 내 자산을 확인하고, 이 자산을 어떻게 배분할 것인지 냉정하게 판단하는 순간이 되기도 합니다.

동성 파트너와 함께 지내며 경제적 공동체가 되는 과정을 경험하기도 하는데요, 이 과정에서 우리가 함께 이룬 재산을 어떻게 유지하고 지켜나가며 서로에게 유산으로 전할 수 있을지를 논의하는 데 시작점이 된다는 점에서 유언장은 정말 큰 역할을 한다고 생각합니다.

유언장은 나의 마지막 유지를 남기는 문서입니다. 글로 쓸 수도 있고, 녹음하거나 비디오로 녹화할 수도 있습니다. 안전과 확실성을 보장하기 위해 공증을 받기도 하고 비밀 증서로 사용하기도 합니다. 어떤 방식이든 나의 의지를 명확하게 보여줄 수 있으면 됩니다.

사람들이 가장 많이 쓰는 방식은 자필증서인데요, 유언자가 직접 자필로 작성해야 하며, 컴퓨터를 사용해서 쓴 유언장은 무효가 된다고 합니다. 유언장에는 유언의 내용과 더불어 작성연월일, 유언자의 성명, 주소, 자필 날인이 들어가야 합니다.

무슨 내용이든 쓸 수 있지만, 법적으로 효력을 갖는 내용은 한정되어 있으며, 이 외의 내용은 유언자의 의지를 알릴 뿐 법적 효력이 있는 것은 아니라고 합니다.

법적 효력이 있는 내용은 다음과 같습니다.

- 재산 및 상속에 관한 내용(유증, 재산 분할, 재산 출연, 신탁 등)
- 신분 및 가족관계에 대한 내용(친생부인, 인지, 미성년 후견인/후견감독인 지정)
- 유언집행자의 지정 또는 위탁

즉 '장례에서 꼭 비건 음식을 대접해달라'거나 '장례식의 상주는 내 파트너로 해달라'는 내용을 적을 수는 있지만, 법적인 강제력은 없다는 점을 기억해야 할 듯합니다. 그렇다고 꼭 건조하게 재산에 대해서만 쓰셔야 하는 건 아닙니다. 원하는 내용을 모두 남기면 어떻게든 그 마음이 전달되지 않을까요?

력사와 유언장을 쓰고 장례를 치르면서 제가 유언장을 쓸 때 정말 중요하다고 생각한 점은 사실 무엇보다 '유언장이 꼭 발견되어야 한다'는 것이었습니다. 유언장을 아무리 성심성의껏 쓴들, 아무도 내가 유언장을 썼다는 사실을 모른다면, 그리고 그게 발견되지 않는다면 그 유언장은 효력을 발휘할 수 없으니까요. 제 친구는 이미 유언장을 써두었고, 그 유언의 집행자로 지정한 저에게 늘 "내 유언장은 우리 집 신발장 위에 있다"라고 알려주곤 합니다. 만약 친구에게 무슨 일이 생긴다면 저는 빠르게 그의 집으로 가서 신발장 위에 있는 유언장을 확인하고 집행을 요청하게 될 것입니다.

이때 또 중요한 것이 공증입니다. 유언 내용에 법적인 분쟁 여지가 예상되는 경우에는 미리 공증을 받아두어야 집행 기간을 단축할 수 있다고 합니다. 그렇게 해두지 않은 경우에는 이 유언장이 정말 고인이 쓴 것인지 확인하고 그 집행을 논의하느라 시간이 더 오래 걸릴 수 있기 때문이지요.

하지만 역시 유언장을 쓰면서 가장 중요한 것은 나

는 어떤 유언을 주변과 나누고 싶은지 고민하고 평소에도 꾸준히 이야기하는 것이 아닐까 합니다. 력사의 경우에는 자신의 마지막을 인정하고 싶어 하지 않았고, 유언장은 더더욱 쓰고 싶어 하지 않았는데요, 아마 우리가 좀 더 건강했을 때 유언에 대해 고민했다면 다른 결과를 맞이할 수도 있지 않았을까 생각해봅니다.

여러분들은 꼭 자신의 마지막과 미래에 대해 고민하고 주변에 적극적으로 나누며 유언장도 쓰고, 그 유언장의 존재를 주변에 자주 알리시기를 바랍니다.

(4) 사전연명의료의향서 작성하기

사전연명의료의향서[7]란 19세 이상의 사람이 자신이 향후 임종 과정에 있는 환자가 될 때를 대비하여 연명의료 및 호스피스에 관한 의향을 미리 문서로 작성해두는 것입니다. 연명의료란 임종 과정에 있는 환자에게 치료 효과 없이 임종 과정의 기간만을 연장하기 위해 실시하는 의학적 시술을 일컫습니다. 치료를 받아도 회복되거나 회생할 가능성이 없고 사망이 임박한 환자에게 하는 심폐소생술, 체외생명유지술, 인공호흡기, 투석 등이 해당합니다. 만약 상기한 시술을 시행하여 환자가 회복될 가능성이 있다면 그것은 연명의료가 아니라 치료가 됩니다. 따라서 연명의료와 치료는 퍽 다르다고 할 수 있겠습니다.

우리가 연명의료 의향에 대해 이야기하는 것은, 연명의료를 시행할 경우 임종이 임박한 환자의 생명이 일시적으로 연장될 수는 있을지 모르나, 그 삶의 질은 더 나빠질 수 있기 때문입니다.

나답게, 존엄하게 마지막을 맞이하는 데에 사전연명의료의향서는 큰 역할을 한다고 생각합니다. 앞서

7 국립연명의료관리기관(https://www.lst.go.kr/addt/medicalintent.do)

도 언급하였지만, 만약 력사가 사전연명의료의향서를 쓰지 않았다면 어머니께서는 마지막에 고통스럽지만 않게 해달라는 말 대신, 력사가 최대한 오랫동안 살아 있을 수 있도록 끝까지 최선을 다해달라 하셨을지 모릅니다. 그랬다면 력사의 마지막은 임종실이 아닌 중환자실에서 여러 호스를 달고 있는 모습이 되었을 수도 있다고 생각합니다.

사전연명의료의향서는 최대한 나답고, 최대한 내가 원하는 임종을 맞기 위한 노력의 하나입니다. 한국의 사전연명의료의향서 신청자는 2025년 6월 기준으로 삼백만 명을 향해 가고 있다고 합니다. 그런데 연명의료를 받지 않겠다고 의향서를 작성하였어도 결국 절반 정도는 연명의료를 받다가 돌아가신다고 합니다. 참 아이러니한 일이지요. 내가 연명의료 중단을 결정했다 해도 그 결정을 백 퍼센트 존중받기는 어렵다니요. 여기에는 사회·문화적 환경이 영향을 미치는 듯합니다. 한편으로는 이해할 수 있습니다. 내 입으로 가족의 죽음에 동의한다고 말하는 게 쉬운 일은 아니니까요. 전혀 그럴 일이 아님에도 연명치료 중단에 동의하고서 죄책감을 느끼는 경우도 당연히 생기고요. 그렇기 때문에 사전연명의료의향서를 작성하는 것뿐 아니라, 그 전후에 가족들과 이야기를 많이 나누는 게 중요합니다. 내 주변 사람들이 내 진지한 의향을 인지하고, 가족 모두가 서로가 원하는 마지막에 대해 충분히 이해하고 있을 때에야 사전연명의료의향서의 효과가 발휘되기 때문입니다.

퀴어들의 경우는 가족과 이 부분을 특히 더 잘 이야기해두어야 한다고 생각합니다. 사전연명의료의향서를 쓰지 않았을 경우, 연명치료는 가족들의 전원 합의로 결정됩니다. 사전연명의료의향서를 썼더라도 이 의향서는 (선택된) 직계가족에게만 공유됩니다. 내 파트너가 나의 의향을 알고 있다 해도 현재로서는 그의 말이 어떠한 효용도 발휘할 수 없는 상황입니다. '내가 나답게 죽고 싶다는데 벌써부터 이렇게까지 열심히 준비해야 하나?'라는 생각도 들지만, 잘 사는 것만큼 잘 죽는 것도 너무나 중요하니까요. 나의 가장 가까운 사람이 나의 뜻을 실행해줄 수 없는 현실에서, 우리 퀴어들은 이런 부분을 더더욱 열심히 준비해야 하는 게 아닐까요? 언제 올지 모르는 나의 마지막에 아무 선택권도 없는 파트너가 내 가족이 내가 원하지 않은 선택을 내리는 것을 말리지 못해 발만 동동 구르는 일이 없도록 나다운 마지막에

대해 일찍부터 주변에 나누고, 함께 그리고 나답게
준비할 수 있었으면 합니다.